想要健康美丽、轻盈窈窕，
一切从体质开始！

李静姿 著

轻松
美肌 瘦身术

QINGSONG
MEIJI SHOUSHENSHU

时代出版传媒股份有限公司
安徽科学技术出版社

[皖] 版贸登记号：1208603

图书在版编目(ＣＩＰ)数据

轻松美肌瘦身术/李静姿著.—合肥:安徽科学技术出版社,2009.9

ISBN 978-7-5337-4491-5

Ⅰ.轻… Ⅱ.李… Ⅲ.①美容-基本知识②减肥-基本知识 Ⅳ.TS974.1　R161

中国版本图书馆 CIP 数据核字(2009)第 138336 号

轻松美肌瘦身术　　　　　　　　　李静姿　著

出　版　人：黄和平

责任编辑：胡　静

封面设计：朱　婧

出版发行：安徽科学技术出版社(合肥市政务文化新区圣泉路 1118 号出版传媒广场,邮编:230071)

电　　话：(0551)3533330

网　　址：www.ahstp.net

Ｅ－mail：yougoubu@sina.com

经　　销：新华书店

排　　版：安徽事达科技贸易有限公司

印　　刷：合肥华云印务有限公司

开　　本：880×1230　1/32

印　　张：4.5

字　　数：117 千

版　　次：2009 年 9 月第 1 版　2009 年 9 月第 1 次印刷

印　　数：5 000

定　　价：18.00 元

许多人认为少吃就会瘦，多敷面膜脸就会白。

如果是这样，为什么还是有那么多人减肥失败又变胖了呢？又为什么告别面膜没多久，皮肤又黑了呢？

一切，都与你的体质有关。

每个人的体质都不相同，所以有人大吃大喝还是"瘦排骨"，有人却连喝水也会胖；有人天生丽质肤赛雪，有人一晒太阳就变黑。因此，如果你希望自己能够瘦一点、斑痘少一点，那么最有效的方式就是"从调整体质来着手"，以免既瘦不下来、白不了，又出现一堆后遗症。

调整体质并不太难。在书中，我根据不同肥胖体质的特色做出问题表，你可以根据自己的状况勾选。如此一来，就能很快知道自己是哪一种肥胖体质。

每一种肥胖体质适合吃的食物、适合瘦身的活动不一定相同。举个例子来说，"泡汤"对于"水肥型"美眉很有效，却对"结实肉肉型"起不了太大的作用；黄瓜的热量低，被认为是减肥人士心中的减肥圣品，但如果你恰好是"累赘肥肉型"，那么很抱歉，黄瓜将会让你的代谢变慢，相对地影响减肥的速度。

真令人想不到吧?!

从现在开始，想变瘦的人请将观念更正——你会变胖不见得是吃得太多，而是体质的缘故。"解铃还需系铃人"，想要由胖转瘦，当然还是从体质着手最恰当。

临床上发现，许多人原本是来减肥的，后来却发现，减肥之后，连斑也少了，痘痘也不像以前那么容易发了。这是因为体质经过调整后，你的内分泌也会跟着改善，斑、痘也就跟着减少了。

所以，我才会说"调整体质，你可以变美又变瘦"!

怎么调?

只要跟着书上所写的方式吃、喝、动，一段时间后，你绝对可以感觉身体变轻盈了。

此外，如果你有斑、痘、口臭、黑眼圈之类的"损美"问题，本书也介绍了不易过敏的汉方材料，让你在"饮食调整体质"之余，还可用"按、抹、敷"等DIY方式来强化美人儿计划，让你美得更有效率喔!

祝你的美容行动成功!

目　　次

part **1**

变瘦篇

第 **1** 课

医师,为什么我瘦不下来?

　　在我的门诊中,经常有患者提到他们花了许多时间减肥,体重仍然居高不下,或是变得更胖。究其原因,大部分是采用了错误的减肥方式;要不然,就是采用了不适合自己体质的减肥法。

　　体质这两个字对现代人而言并不陌生,但你知道体质对我们的影响有多大吗?在本课中,我将告诉大家什么是体质,同时还将一般人最常见的错误减肥方式列出来。想要变瘦的美眉,请检查看看你是否也采用了错误的减肥方式了呢?

体质不好，美丽健康亮红灯

如果一个人天生体质不好，又不注重调养，长期下来不但健康容易亮红灯，连带的"损美性疾病"也会跟着来！

哪些是"损美性疾病"呢？

简单来说，只要是对你个人外在容貌、形象及生理造成不良影响的状况，都称为"损美性疾病"，比如长期黑眼圈、黑斑、青春痘、皮肤粗糙、秃头掉发、肥胖、口臭等都是。或许有的人认为"损美性疾病"只是影响外表，又不会真的影响健康，但其实许多"损美性疾病"的产生都是因为长期体质不良造成的。

在"损美性疾病"中，除了大家最想治疗的肥胖、皮肤问题外，近来也发现有秃头问题的人越来越多。而且不只是男性，就连女性因为压力大影响体质，进而造成大量掉发的情况也越来越多。秃头容易让人看起来比实际年龄大上几岁，如果再加上肥胖，少女也会被当成妇人看，更是大大影响自信心。

为了不让"损美性疾病"影响我们的身心，"改善体质"当然是眼前最重要的问题，而且不需要整形挨刀，也没有任何副作用、后遗症，就可以让你比现在更美更健康，是不是很棒呢？

一起来加油吧！

什么叫做体质?

你是否发现,有的人感冒时症状很轻微,有的人一感冒体温就会特别高;有的人吃到不干净的食物拉个肚子就好了,有的人却要送去医院吊水……这就是因为体质不同所造成的。当我们出生时,就有遗传自父母的体质,由于每个人的体质都不同,即使遇到同样的状况,也会产生不同的反应。

然而体质并非完全不变的,有的人体质原本很好,却因为成长的环境或生活习惯不良而变差了。

体质,是可以改善的!

出生时体质就比较差的人,有可能改善吗?

答案是:绝对可以!

有句话说"龙生龙,凤生凤,老鼠的儿子会打洞",体质的好坏虽然会经由父母遗传,但是仍然可以从后天的环境来改善。

我的一位朋友从小就有过敏体质,每天起床必定连打10个以上的喷嚏。当他到澳洲留学时,这些过敏现象就统统消失了。(不过,只要他一回到台北,就会和他的老朋友——过敏相见。)由此可见,环境对于体质的重要性。

有些病人会问我:"是不是只有医生才需要认识体质?"

当然不是!虽说医生在了解体质后,会对症下药,但还是需要病人的多方配合。所以,病人若能了解自己的体质,在需要节制的地方加以注意,会有助于将病情改善到最佳状况,也是确保疗效的钥匙。

举个例子来说,有一位美眉是"肌肉妹",在中医来说是属于"湿热体质",如果医生针对她的体质设计出一套减肥方法,美眉却在减肥成功后就忘记医生的叮咛,大吃与湿热体质犯冲的食物,过不了多久,很快就会变回原来的"肌肉妹"了。但是,如果"肌肉妹"在减肥成功后,仍然非常注重医生的叮咛,控制易胖体质,那么"一减再减、越减越胖"的概率就很低了!

你担心自己的体质不好,总是容易胖吗?看完这本书,你不但会知道如何改善自己的肥胖体质,还能改善自己的外观,和"损美性疾病"说拜拜!

认识身上最容易减及最难减的部位

你知道吗?即使是胖子,也有较容易瘦下来与不容易瘦下来两种类型喔,而且从外形就能够分辨出来。

请脱光衣服站在镜子前面看看自己,全身上下,你的哪些部位明显太肥?

如果是四肢不肥,腹部肥或臀部肥,恭喜啦,你属于最容易减的类型,因为囤积在腹部或臀部的肥肉以脂肪为主,且多为松软型,所以在减肥时也比较容易缩小,相对地体重或外形也改变得较快。

如果你全身都不肥,偏偏上手臂和小腿特别粗壮,造成"蝴蝶袖"及"萝卜腿"的情形,那么请做好心理准备,你的瘦身大计将会比较长久,原因在于手臂及小腿原本就是肌肉较多,要使肌肉再缩小实在是较不容易的事情,尤其是小腿。之所以抽脂通常不碰小腿,就是这个道理。不过,手臂整体上还是比小腿容易瘦,一旦手臂先瘦下来,还是可以穿无袖上衣与长裙来让你更显瘦。

听到腹部易减,想摆脱"大腹婆"称号的人一定很高兴吧,但这并不表示随便什么方式都能尝试,你必须采用适合体质的减肥方式让肉肉消除;同样地,虽然"蝴蝶袖"及"萝卜腿"最难减,但也并非完全不能减,只要搭配适当的饮食、按摩方式,照样可以减。根据我的临床经验,希望小腿及手臂变瘦的人,以针灸及按摩或运动最为有效。

问问自己,你真的吃得很少吗?

许多病人会告诉我:"李医师,我都吃—很—少,可还是会胖。"

的确,有些人因为体质的缘故,真的是连吸空气都会胖,但这样的人毕竟是少数。而那么多自称吃很少却变胖的人,又是怎么一回事呢?

经过更进一步询问之后,我才发现一件事:美眉,你哪是吃很少,你只不过是这个零食吃一点,那个蛋糕吃一点……所有的"一点"加起来,就不只是一点点而已了。

所以,请不要再以为自己只吃一点就会胖,其实你早在不知不觉中吃进很多热量了。胖虽然是一个结果,但变胖的原因却很多。错误的饮食方式、作息习惯及不良姿势等,都可能造成肥胖,所以肥胖绝对不只是体质造成的。

在本书中,我会针对各种肥胖体形来告诉大家如何瘦得最有效率,也希望读者们除了按照书中所教的饮食、塑身方式去做外,也要注意生活作息,让自己瘦得健康又不反弹。

✳ 医师叮咛

中秋节后变胖,柚子也有责任

每次中秋节过后,许多病人就会多出几两肉,她们总是说:"哎呀,李医师,因为月饼热量太高,我根本不敢吃月饼,我真的只吃柚子喔,我没骗你!"

OK!OK!我知道你没骗我,只是你不知道,柚子的热量跟西瓜是一样的。

不敢相信吧?!但这却是事实。所以,下次中秋节的时候,千万别以为多吃柚子也不会胖!至于那些既吃月饼又吃柚子的人,也别把变胖的责任统统推到月饼身上,你会变胖,可不完全是月饼的错,柚子也要负责任的。

越减越胖的瘦身误区

在门诊中有九成以上患者试过两种以上的减肥方式。有的曾经瘦过,但不久又反弹;有的是不瘦反胖,原因除了采用了不适合个人体质的错误减肥方式之外,对减肥的错误认识也是让人瘦不下来的因素。

误区1　不吃早餐

经过一个晚上的休息后,早晨不是赶着上班,就是赶着上课,此时血糖会降低,如果没有吃早餐,身体会一整个早上都陷入饥饿状态。当我们的胃部没有食物时,脑部会一直处于饥饿状态,一旦有机会进食后,就会产生想要吃进更多东西的冲动,造成上一餐没吃、下一餐吃超多的情形。除非训练自己每天处于半饥饿状态来使身体适应,否则应该每餐都不能忽略,用餐时间也尽量一致。

别再不吃早餐了。相反地,早餐一定要吃饱。这样当开始上班、工作时,身体功能会运作得更好,所吃的热量也容易代谢掉,不必太担心会变胖。

误区2　少喝水

有些美眉会说:"医生,我连喝水也会胖,干脆少喝水好了。"

如果你以为少喝水就能减轻体重,那么可就错了。一旦水分摄取不够,反而会干扰到新陈代谢。新陈代谢差,当然也就影响到减肥计划了。

也有美眉以为只要到烤箱烤一烤、多做SPA流流汗就能瘦。其实做完这些动作后,减少的体重基本是身体内的水分,而且因为脱水,更容易让人感到口干舌燥,想要喝更多水,体重也就反反复复、忽高忽低。

误区3　只吃肉类

我常常听到很多病人采用"吃肉减肥"的方法,认为只要吃肉,不吃淀粉、糖类就能瘦。这样真的有效吗?

肉类充满了脂肪、蛋白质,一个人若只吃肉类,不但营养不均衡,还会造成肝脏、肾脏的损害。这样子就算是瘦下来,其他器官却生病了,反而对身体健康有损害。

误区4　只吃水果

很多爱美的女性认为,水果既可以饱腹,热量又不高,还可以让皮肤变好,吃水果餐来减肥一定没问题。其实,水果内除了水分、糖分外,就是少量的蛋白质及很低的脂肪,从营养学来说,也是非常不均衡的。用这样的方法,也是会瘦得快、胖得快的。

我听过许多美眉采用号称"5天就能瘦"的苹果减肥法。不过,当5天过后,如果恢复正常饮食而没有做好适当的节制,不但会复胖,而且远比减肥前胖的女孩子也大有人在。

误区5　只用拍、打、按摩减肥

很多人会到坊间做SPA或让美容师采取拍打腹部、按摩的方法减肥,究竟这类方式管不管用呢?

就医师的观点来看,按摩虽然可以加快新陈代谢,但是如果没有配合饮食、运动控制,一旦不按摩之后,体重就又会恢复。

更惨的是,在花钱让人按摩拍打的那段时间,肉肉会因此变得较结实紧绷;一旦拍打期结束后,肉肉因为失去了外力帮助,反而会更松软,原本只是"小腹婆"却变成了"大腹婆",这真是花钱找罪受!

误区6　喝减肥茶

许多减肥茶内含有"番泻叶"的成分,会让人喝下后拉肚子。其实,这种靠拉肚子减肥的方式,拉出来的不仅是身体内的水分,而且还把人体必需的养分如维生素、矿物质等一并拉出体外。这么一来,身体的功能就无法正常运作,反而让体力变差,甚至造成心力衰竭、休克等。

长期靠有泻药成分的瘦身食品来减肥，大、小肠的黏膜将会因此受伤，无法自发性地蠕动，造成便秘。想想，满肚子大便，怎么不会影响减肥大计呢？

误区7 拼命运动

曾经有许多病人告诉我，他们不相信运动会瘦，因为她们自己就是拼命运动也瘦不下来的人。

为什么这么努力运动还是瘦不下来呢？追根究底发现，选择运动也是一门学问呢！如果你选择的运动无法消耗很多热量，运动后又吃进更多的热量，这下可好了，不但体重不减反而会增，身材还会因为拼命运动变得更壮实，离又瘦又美的目标更远了。此外，也不能把运动当成可吃美食的挡箭牌，以为只要有运动就能多吃；否则，还是瘦不下来。

✳ 医师叮咛

聪明选择减肥运动

究竟哪些运动对减肥最有效呢？

如果我们在吃饭后慢慢散步，大约消耗65千卡。

如果泡澡30分钟，能消耗84千卡。

游自由式半小时，就可以消耗518千卡；假如采取蛙式，半小时只消耗273千卡。

持续跳绳半小时，可消耗224千卡；跳舞半小时，却只能消耗102千卡。

打篮球半小时，可消耗200千卡；打保龄球半小时，只能消耗90千卡。

逛街半小时，可消耗80千卡，比散步消耗得还多，但是逛街后绝对不能大吃一顿。

由上面的数字可以了解，选择消耗热量较高的运动，不但运动的时间较短，减肥的效果也会比较好。

注：1千卡=4.1868千焦

第 2 课

针对体质来减肥, 成功!

为什么有的人怎么吃都不会胖, 而有的人只喝水也会胖?

其实, 一个人会肥胖, 与其体质、生活方式、饮食习惯、情绪都有很大的关系。其中, 体质又跟遗传有关。

有的人天生肠胃吸收好, 吃下肚的东西会照单全收, 一旦不运动, 就很容易胖; 有的人天生肠胃不好, 吃十分才吸收三分, 所以不容易胖。

"罗马不是一天建成的", 今日的肥胖多半是渐渐累积的结果。孔子懂得因材施教, 减重变美也要针对不同的肥胖类型而采取不同的方式。如果你想减肥, 就要了解自己是哪一种肥胖体质, 找到最适合你的减肥方式, 让减肥更有效率又不易反弹哦!

1分钟测验：你属于哪一种肥胖？

女性到了35岁后，会发现自己特别容易变胖，这是女性生理上的改变所产生的结果，但在门诊中，我发现很多久坐办公椅的上班族女性不再是35岁后才变胖，而是在25岁的时候身材就开始走样。

接下来，请从外表及症状来进行自我诊断，看看你属于哪一类型的肥胖，进而找出最适合你的饮食、减肥方式，让体重在最有效率又不费力的方式中控制下来。

★测验开始!

以下有四组问题,如果和你的状况相同,请在□内打"√"。

※ BMI = $\dfrac{体重}{身高^2}$ (身高请以米来计算)

★第1组

□肥胖(不算太胖,BMI值介于24~28)
□皮肤白嫩
□身体浮肿
□四肢沉重
□常觉得疲倦无力,不想动
□小便多
□喜欢睡觉
□虽然喝水不多,口也不渴
□女性易有白带
□大便有时软有时硬
□常觉得口中有痰却吐不出来

★第2组

☐肥胖(中度或中度以上的肥胖,BMI值>28)
☐皮肤苍白
☐容易疲倦无力
☐精神委靡不振
☐肌肉松软无力
☐腰易酸
☐腿易软,无法久站
☐小便清澈
☐缺乏性欲
☐中年才开始发福
☐女性易有白带
☐大便又稀又软

★第3组

☐肥胖(中度或中度以上的肥胖,BMI值>24)
☐情绪易紧张
☐容易发怒
☐经常感到胸闷

□胃部常有闷胀感

□一烦躁就想吃东西

□青春期或20岁开始就肥胖

□目前有因为循环不好而引起的疾病(如痛风、胆结石等)

□上半身有固定疼痛的部位，且时好时坏(如头痛、胸痛、胁肋骨痛、小腹痛)

□女性易有痛经或月经不规则问题

★第4组

□肥胖(中度或中度以上的肥胖，BMI值>25)

□脸部红润

□食欲良好

□很容易饿

□经常口渴想喝水

□常有头晕的现象

□嘴巴易破

□火气大

□便秘

□四肢沉重

□体重变动大

□易口臭

★ 测验结果！

请计算每一组各有多少个"√"，若有5个或5个以上，就代表你是该组的肥胖类型。

第1组的"√"最多——你是白白嫩嫩水肥型

第2组的"√"最多——你是肥肉多多累赘型

第3组的"√"最多——你是循环不好肥肉型

第4组的"√"最多——你是肉肉结实难减型

注：①如果每个组别打"√"的数目都差不多，表示你是混合型。请详细阅读后文，找出最符合你的肥胖类型。若还有疑问，欢迎来信。

②如果每个组别的"√"都低于5个，表示你的体质还不错，只要阅读后文，找出最适合你的运动方式，就可以窈窕得更有效率喔！

第1组　水肥型——肉白软嫩不爱动

古人说"肥白人多痰"，痰指的就是脂肪。水肥型肥胖，主要是因为水湿而引起的。

水肥型的人有两种，一种是脸圆圆、皮肤白白，肩膀、肚子、大腿都是肉肉的，相比起来，手臂却较瘦；另一种水肥型的人则是属于腹型肥胖，特征是大头、小肩膀、大肚子。多见于中年女性、坐办公桌的上班族，腹部松软有弹性，常觉得上臂和大腿肌肉无力，有下垂感。

水肥型身材的人多半是因为暴饮暴食，喜欢重口味、油炸食物；但有一些水肥型身材的人吃得其实不多，但可能因为气虚体质代谢很不好，即使吃得少也会胖。此外，居住在潮湿环境中、好静不好动(运动)的人，也容易呈现水肥外表。

水肥型症状：肥胖、浮肿、四肢沉重，常觉得疲倦无力，不想动，小便多，喜欢睡觉，喝水不多口也不渴，常觉得口中有痰却吐不出来，女性易有白带，大便有时软有时硬。

有些水肥型人士喜欢喝菜汤，吃瓜类水果、甜食及油炸类食物，这些可都是造成肥肉更多的因素啊！

✳ 医师叮咛

为什么水肥型的人光喝水也会胖？

就中医的观点来看，水肥型的人若是水湿又气虚，会因为代谢太慢，吸收到体内的营养无法代谢掉，只能变成脂肪堆积在体内，所以还真的是光喝水、光吸空气也会胖。

◆ 水肥型的必瘦饮食方式

你一定听过有些明星在谈到自己的减肥方式时说："如果我发现自己上一餐吃了太多鱼肉，下一餐就要吃少些、清淡些。"这样的方式对其或许有效，但是，对于水肥型美眉不但无效，反而有增胖之虞。因为水肥型的体质并不会因为下一餐吃得少，就可以将上一餐的肥油消耗掉，反而会将两餐的肥油都吸收。所以，水肥型美眉要记住，太油腻的不能吃，不可暴饮暴食，不要采取"大小餐"——上一餐吃得多、下一餐吃得少的方式，以免越减越肥。

水肥型的人也不能多喝牛奶和醋，因为水肥型的人代谢功能不好，水分容易存留在体内，而醋是酸的饮品，有助于将水分锁在体内。其他酸性食品也是如此喔。

如果水肥型的人刚好爱喝牛奶，想靠吃醋、一餐吃多一餐吃少来减肥，那么就踩到了不适合体质的减肥"地雷"，体重一定会节节升高。

想变瘦的五大禁吃食物

一位病人说："李医师，听说睡前喝一杯红酒可以促进血液循环，应当能瘦身吧？"

"是啊，问题是你是水肥型，如果喝了酒，体重就降不下来。当然啦，如果你不在意身材，那么睡前喝一杯红酒对心脏倒是不错。"

酒是湿热性的饮料，热量也很高，不适合水肥型的人；油炸类、冰冷的食物也不宜；巧克力、花生最好都尽量避免；冬粉较没有饱足感，容易吃太多，越吃越肥，所以也不适合。

在饮茶时，也请多加留意。很多人都说喝乌龙茶、普洱茶或绿茶可以减肥，就常理来看，这些应该都是不错的饮料。但对于水肥型的人来说，却是需要避免的。因为茶叶是寒、湿的食物，对于体内已经够湿的水肥型绝对是大忌。

对于暴饮暴食的人来说, 茶叶的确是不错的饮品。但如果水肥型的人不小心暴饮暴食, 又想靠喝茶来去油, 那么要在茶内加上山楂、决明子等来加强去油效果。

水肥型的人身上除了有油之外, 还有湿气, "去油排湿"才是变瘦之道, 光去油不排湿, 对于减肥的效果并不大。有些广告上频频出现的××绿茶在减肥上虽然有一定的效果, 但对于水肥型的人来说, 多饮并不能达到预期的效果, 因为这类绿茶只适用于暴饮暴食、大鱼大肉的应酬人士, 可促进脂肪代谢, 但对于待在家中少动的家庭主妇、吃得很少的水肥型人士则没有太大的效果。

多吃变瘦食物, 消去过多水分瘦得快

既然是水分太多, 当然就要吃一些帮助排水的食物(中医称为利水的食物)。

绿豆、豆芽菜、蚕豆有利水作用, 是水肥型人士的消瘦食物。其中, 蚕豆吃多了会胀气, 不易消化, 相对地容易让人有饱足感, 可说是既利水又能饱的食物。但要记住, 有蚕豆症的人可不能吃喔!

白白圆圆的薏米也有利水效果, 但是对于便秘的人来说就不太适合了, 因为薏米性甘凉、纤维素不高, 便秘的人吃多了会让便便更顽强。但对于没有便秘的人来说, 就可以每天将薏米放在饭中煮成薏米饭, 是不错的减肥食物喔!

被美眉们认为糖分高的玉米, 也适合水肥型人士食用。但由于玉米较甜, 所以最好在早上吃, 让糖分可以借由一天的活动消耗掉, 有助于利水消肿, 并有让精神变好的效果。想要消除早晨浮肿的现象吗?不妨在早上来一根玉米吧!

含皮一起煮的冬瓜、大黄瓜都可以利尿;西瓜皮削薄后凉拌或腌过(如同腌小黄瓜的方法), 既可口又有助于减肥去水;鲤鱼和海带不但有利水效果, 还能消脂;豆腐、荸荠、菠菜, 也都是想要变瘦的水肥型人士最适合吃的食物。

◆水肥型的必瘦药膳饮

莲藕海带陈皮汤 加速消肿，让你更清秀

◆材料　莲藕100克，海带20克，陈皮20克，小米50克。

◆做法

1.将莲藕切片。

2.先在锅内放入5碗水，将陈皮及海带放入煮20分钟，然后再将莲藕及小米放入，至煮熟即可食用。

◆服法　每日食用1~2碗，当正餐食用。

◆功效　本汤品具有化痰散瘀血的功效，且小米有利尿作用，有助于体内毒素排除，起到利水消肿作用。

不发胖的好喝汤 金丝黄瓜汤

◆材料　干玉米须20克(若是新鲜的玉米须，则需要40克)，小黄瓜50克，白醋5毫升。

◆做法　先将玉米须及小黄瓜以800毫升的水煮沸，再以小火煮15分钟，再加入白醋煮5分钟即可。

◆服法　当菜汤喝，可以连续服用2周。

◆功效　利尿消水肿，且热量低，减少发胖机会。

消毒+消肿的主食 银耳绿豆粥

◆材料　白木耳20克，白萝卜50克，绿豆20克。

◆做法

1.将白木耳洗净泡开，白萝卜切片。

2.在锅内放入800毫升水，将上列材料放入锅中，先以大火煮开，再以小火煮30分钟即可。

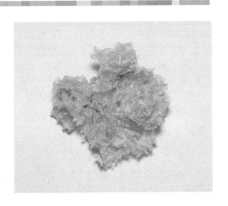

◆服法　每日服用1次，当点心或正餐吃。

◆功效　本品具有利尿消水肿、清除体内毒素的作用。

三花减肥茶 爱吃零食、下腹肥胖之人的救星

◆材料　玫瑰花、茉莉花、洛神花、川芎、荷叶各约5克。

◆做法　将上述药材以400毫升的沸水浸泡15~20分钟即可饮用。

◆服法　每日的晚餐后来上一杯三花减肥茶，可连续喝1个月。

◆功效　这道茶饮有化痰除湿、减肥降脂的效果。如果你有没事喜欢吃零食的习惯，或下腹肥胖，或晚餐吃得特别丰盛时，就来上一杯三花减肥茶吧！

茯苓茶 代替开水又能减肥的饮料

◆材料　茯苓、荷叶、山楂、薏米各约10克，陈皮约5克。

◆做法　将以上药材以600毫升的沸水浸泡15~20分钟即可饮用。可反复冲泡。

◆服法　每天可饮用2~3次。

◆功效　本茶饮具有消水肿、降脂肪、减肥的功效。可以代

替茶水经常饮用。可以连续饮用3个月。

注意:怀孕的女性可不能喝喔！

◆水肥型的必瘦塑身方式

想变瘦,用照的效果超好

从体质来看,水肥型的人用灸法减肥的效果非常好。对于不方便到门诊进行灸法的人来说, 还有一个DIY的变通方法——用红外线灯来照射腹部及胃部的正后方,也可达到灸的效果。

※红外线灯在一般医疗器材行、美容器材行皆有售。

●照哪里?

1.腹部(a)。
2.胃部的正后方(b)。

※如何才能正确找到胃部的正后方呢?很简单,只需要拿一条线在身上绕一圈即可。

●照射方法

a

b

以红外线灯照射身体正、背面各15分钟,1天1次,或每周3~5次。

＊ 医师叮咛

千万不要以为温度越高越有效果, 将温度调至微温即可,太热反而会让皮肤烫伤起水疱。若买的红外线灯无法调温,请将灯挪到离身体远一点的地方再照射(以皮肤感到微温的距离即可)。

想变瘦,你可多按这些穴道

就中医的观点来看,脂肪、水分等在体内积久了,都会变成湿黏的痰。若要去痰,就要健脾,并且要让胃变弱(所谓的变弱,并不是变不好,而是抑制食欲)。我在门诊的时候,会针对想要变瘦的水肥型人士进行针灸,抑制食欲。不过还是有很多人一听到针就怕,所以我会建议怕针灸及无法进行针灸的人按摩穴位,效果也不错喔!

●按哪里?

水肥型的人按摩丰隆穴,有变瘦的效果喔!

●按摩穴位轻松找

丰隆穴

丰隆穴就在脚踝外侧往上方约4个指头的高度。

稍微用力地压一下,若有一种沉重的感觉,即是丰隆穴。

●按摩方式

1.坐在地上,略为屈膝,四指并拢在右侧小腿后方,以大拇指指尖按丰隆穴后放开,如此一按一放做14次。

2.以大拇指的侧面按擦丰隆穴,约1分钟。

3.做完右侧后,换左侧小腿。按摩时,以按到穴位有酸麻感的力道即可。

●按摩效果

由于水肥型的人痰多体湿,按摩丰隆穴有助于化痰行气,加速痰湿离开体内,有利于减肥。

◆水肥型的必瘦注意事项

最易变瘦时间

白天是水肥型的人"气"最通的时候，若要用照法，在午餐前照射效果最好，其次是傍晚吃晚餐前。

最适合的活动

水肥型的人最适合泡澡、烤箱，并且要做会流汗的运动，如低冲击有氧、慢跑、烤箱、有氧运动等都可以。最不适合去游泳，因为体内的水已经够多了，还要在水中运动是很难达到减肥效果的。

泡澡方

◆材料　玫瑰花、茉莉花、桑叶、川芎、荷叶、虎杖、通草、乳香、没药、佛手柑、陈皮各约10克。

◆做法

1. 上列材料和2 000毫升的水以大火煮沸后，再以小火加热30分钟，去渣。

2. 取药汁泡澡或置于三温暖烤箱内熏蒸即可。

◆功效　本方不但可以瘦身且可安定神经、帮助睡眠，对于习惯性失眠又肥胖的人效果特佳。若有高血压、气喘、糖尿病者要小心使用，以避免因高温及蒸汽使病症发作。此外，孕妇更要禁用。

第2组　累赘肥肉型——变瘦不再是梦想

有些人虽然肥,却还属于略为发福的现象,但是累赘肥肉型就是"谁看了都觉得你是胖子"的那一型,最常见于中年发福的人。

累赘肥肉型通常是从水肥型慢慢演变而来的,并非天生就肥,而是长期没有控制饮食,于是就从略为发福转变为胖子。除了体形肥胖外,累赘肥肉型的人常会感到肉肉松软无力、无法久站,脸色虽然白,却是苍白,精神也不好,经常被别人问到:"你是不是很累?"上厕所会发现小便很清澈,并会出现白带多、缺乏性欲的情形。

许多中年发福的妈妈们,都是累赘肥肉型的成员。在我的病人中,有些累赘肥肉型的妇女,往往因为体形不如年轻时婀娜多姿,被先生"讽刺"后,就自暴自弃,越吃越肥,直到出现其他健康问题时,才来求诊。治疗之后不但身体更健康,连体态也变好了!

由于累赘肥肉型是随着时间一点一滴累积而成的,在变瘦的过程中也要有耐心、恒心,不要半途而废,这样变瘦绝不仅是梦想而已!

◆累赘型的必瘦饮食方式

累赘肥肉型的人在饮食上应该多吃一些温性的食物,如生姜、桂皮、鸡肉等,至于寒性食物如黄瓜、苦瓜等,就尽量避免,因为这些食物虽然有利尿、去水肿的作用,却会让脾肾阳虚的累赘肥肉型人代谢更缓慢,反而降低了减肥的速度。

如果你平常没有熬夜、爱喝冷饮的习惯,也不会有舌红、经常感到口干、怕热等症状,那么可以在烹调食物时,加入五香粉来调味。因为五香粉不但可以促进寒性体质的新陈代谢,还有增强免疫力的功能,可以让我们体内多余的脂肪顺利地被代谢掉,对于想变瘦的累赘肥肉型人,有很好的作用。

◆累赘型的必瘦药膳饮

高血脂的人可多吃 健脾益肾粥

◆材料　山药、茯苓各约10克，山楂约6克，荞麦、黑芝麻各10克，大豆、籼米各20克。

◆做法　先将山药、茯苓、荞麦、黑芝麻、大豆、山楂置于过滤袋中，于锅内放入籼米，加800毫升的水，先以大火煮开，再以小火将米煮熬成粥，即可食用。

◆服法　将本粥品代替正餐米饭食用，可连续食用2周。

◆功效　本品具有强身健脾补肾作用，对于合并有脂肪肝与高血脂的肥胖者有很好的减重效果。

抗衰老+减肥的绝妙好粥 黄芪女贞粥

◆材料　黄芪约50克，女贞子约40克，薏米50克，籼米1杯。

◆做法

1.把黄芪、女贞子放入锅内，加水1 000毫升以大火煮开，再以小火煮30分钟，去渣取药汁。

2. 将薏米及籼米放入锅中同

煮至熟呈粥状,即可食用。

◆服法 每天早晚各食用1碗。

◆功效 滋补肝肾,益气健脾去湿气,对于日益发福者具有抗衰老及减重效果。

白菜虾米 *减肥又补肾的佳肴*

◆材料 白菜150克,虾米20克。

◆做法 将白菜洗净切块,虾米先温水泡开,将两者置于锅中炒熟即可食用。

◆服法 每天吃1次,1周3次,连吃2~3周。

◆功效 虾米具补肾壮阳的功效,白菜则利尿利脾胃,二者合用可补肾益脾胃,常常食用有助于减轻体重。

益母前苓消肿茶 *让肿肿赘肉渐渐消去吧*

◆材料 益母草、车前草、茯苓皮、泽泻各约5克。

◆做法 将茯苓及泽泻切成小块,与其他药物置于杯中,倒入300毫升的沸水,盖紧杯盖静置10~15分钟即可饮用。

◆服法 每天早上及下午各饮用1剂,每隔2天饮用1次,连续服用2周。

◆功效 活血消水肿,有促进水分代谢的作用。

注意:怀孕中的妇女千万不要喝喔!

◆累赘型的必瘦塑身方式

想变瘦，敷的也有效

临床上在治疗累赘肥肉型的患者时，用熏脐——隔盐灸肚脐的效果最好。爱美的朋友们，也可以在家中DIY熏脐。

做法如下：首先，将艾条点燃，置于熏脐器内，再将熏脐器放在肚脐上（如果家中有粗盐，可在熏脐前，将粗盐涂满于肚脐上，效果更好），20~30分钟即可结束。每天1次，连续熏脐1~2周。（艾条在医疗仪器行均买得到，1次用1条。）

艾条

熏脐器

以红外线照射腹部，并配合拔罐，也有很不错的效果

如果你已打算铆足劲减肥，在照红外线之余，不妨加上穴道按摩，会瘦得更快；如果你没空照红外线，花不到10分钟来按摩，也有瘦身的效果。

拔罐器

●照哪里？

很简单，只需要照射腹部肥胖的地方，1次照射30分钟，每天1次或每星期照射3~5次，连续照

红外线灯

射3~4周即休息1周。温度微温即可。

● 拔哪里？

照射红外线之后，如果能配合拔罐，效果更快。拔罐的位置就在背部膀胱经穴位。

● 拔罐穴位轻松找

膀胱经的找法：以脊椎为中线，脊椎左右约手指三指宽的位置，就是膀胱经。

找到膀胱经之后，请将真空拔罐杯放在膀胱经上，每侧放6~8个，记得要左右对称，否则减肥后一边瘦、一边胖，那可就不好看了。拔10~15分钟即可取下。若拔罐时局部疼痛厉害，可立即取下，以避免产生水疱。

膀胱经

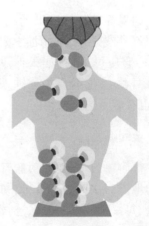

●按哪里?

武侠小说经常提到的"任督二脉",就是可以让你变瘦的窍门。

●按摩穴位轻松找

任脉,就是身体正面的中线。

督脉,就是身体背面的中线,也就是脊椎。

如果嫌自己腿部太粗,在按摩完"任督二脉"之后,还可以继续按摩腿部的外、内两侧喔!

●按摩方式

1.推按督脉——从后颈下面的脊椎推按至腰部。

2.推按任脉——从两边乳头的中央胸骨处,推按到肚脐下方近耻骨处。

3.按摩腿部——顺序是由小腿往大腿按摩,先按两腿的内侧,再按两腿的外侧。

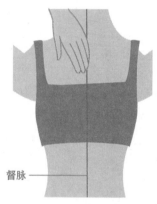

督脉

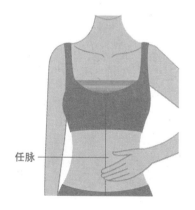

任脉

◆累赘型的必瘦注意事项

最易变瘦时间

白天是累赘肥肉型的人"气"最通的时候,若要用照法,在午餐前照射效果最好,其次是傍晚吃晚餐前。

最适合的活动

所有可以流汗的活动如慢跑、烤箱、有氧运动等都可以。

泡澡方

◆**材料**　冬瓜皮500克,茯苓300克,生木瓜10克,橙花精油5滴。

◆**做法**　将上列材料(精油除外)加水1 500毫升,先以大火煮开,再以小火煎煮30分钟后去渣,将药液及精油倒入浴缸中,再加水至身体可以浸泡的程度。

◆**用法**　每日泡澡1次,20~30天为一疗程。此法尤宜夏季使用,冬瓜皮取新鲜品则效果尤佳。

✳ 医师叮咛

高血压、气喘、糖尿病患者要小心使用,以免因高温及蒸汽使病症发作。此外,怀孕的妇女也不能泡喔!

敷瘦方

如果你觉得熏脐没把握，既不想照射减肥也懒得按摩，在此提供第4种方法——用敷的。

◆材料　附子、小茴香、炮姜、泽泻各15克，粗盐少许，蜂蜜少许。

◆做法　将附子、小茴香、炮姜、泽泻4种药物研磨成粉，再加入少许粗盐，并用蜂蜜调匀。

◆用法　将调制好的敷瘦方敷在脾俞、肾俞及神阙(就是肚脐)3个穴位上，每次敷3小时，每3天敷1次即可。

●敷瘦穴位轻松找

脾俞——脾俞位于背部的膀胱经上。找出膀胱经后，接着先找到身体正面(腹部)的最后一根肋骨处，脾俞的位置就在最后一根肋骨的背面，与膀胱经交叉的地方。(可用线将身体绕一圈，以找到正确位置。)

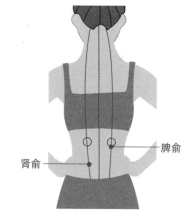

脾俞

肾俞

膀胱经的找法：以脊椎为中线，脊椎左右侧约手指三指宽的位置，就是膀胱经。

肾俞——肾俞也在背部。首先，请将手叉腰，大拇指微往内靠，与膀胱经交叉的位置就是肾俞。

第3组　循环不良肥肉型——有耐心就有机会

20岁正是美好的青春时光，如果在此时就属于胖哥胖妹型，在今后交友或求职时多少会受到影响。你是小时候不胖，偏偏到了20岁左右就开始变胖的人吗？那么，你很可能属于循环不良肥肉型。

因为身体的循环差、代谢不好，就算吃得不多，脂肪也很容易囤积在体内。更因为体形胖硕、长期循环不良的影响，身体通常会出现健康方面问题，如痛风、胆结石、心脏病、高血压等。女孩子若是循环不良肥肉型，还容易出现月经不规则、痛经、经血中有白色黏膜或小血块，甚至于闭经的情形。

循环不良肥肉型的人除了有20岁开始发福的现象外，许多人会有情绪上的不适，像是经常感到胸闷、容易生气、睡眠状况不佳易多梦，也很容易一烦躁就想吃东西，结果就会越吃越胖。

虽然循环不良型的人从年轻时就饱受肥胖的困扰，但是如果有耐心，瘦身也不是不可能的事，而且瘦下来之后，身体不适的情形也可以跟着减缓，真可说是一箭双雕！

◆循环不良型的必瘦饮食方式

循环不良型的人最适合吃的食物有黑木耳、山楂、莲藕、鸡内金、红花(在中药行均可买到)，最不适合吃的食物是炒花生米及冰品。

循环不良型的人在中医的观点是属于气滞血瘀的体质，这类型的朋友在身体检查时，经常会出现血脂或尿酸已接近正常值的上限，或是觉得身体总有不定时的疼痛。

循环不良体质的人多半不喜欢运动，所以就容易产生气滞肝郁的现象。说穿了，就是长时间久坐，又不爱运动，久了就产生身体及精神上的郁闷！此时如果再吃炒花生米及冰品，那可就火上浇油了。

　　由于炒花生米比较热燥，容易使人郁火上升；而冰品的寒凉，将使郁卒气滞更加不舒畅，当然会使已经减不下来的体重又增重了。

　　建议循环不良型的人多吃能促进血液循环的黑木耳及红花，还有促进消化、清除体内代谢瘀积的山楂及鸡内金，以及可以清除瘀血、除烦又止渴的莲藕，让你通过合理的饮食瘦下来。

◆循环不良型的必瘦药膳饮

用吃的就能对体内废物大扫除　**莲藕炒木耳**

　　◆**材料**　莲藕300克，干黑木耳10克。

　　◆**做法**　将莲藕洗净，连皮切成片；干黑木耳以温水泡软，切小片。将此二物置于热锅中，加油略炒至熟即可食用。

　　◆**服法**　每2~3天食用1次。

　　◆**功效**　莲藕清心火散瘀血，配合具有降血脂及抗血管硬化作用的黑木耳，对于循环不良型的人具有清除体内毒素及废物的功能。

茅根芹菜粥 今晚，就吃这道降脂粥吧

◆**材料** 白茅根30克，芹菜50克，桃仁5克，米1杯。

◆**做法** 将白茅根及桃仁置于过滤袋内，与芹菜、米放入锅中，加水2 000毫升煮至米熟成粥，即可食用。

◆**服法** 每天晚上食用1碗。

◆**功效** 清热利尿、活血通大便、降血脂、清除体内垃圾，进而达到减肥的效果。

◆循环不良型的必瘦塑身方式

●照哪里?

看看你的腹部吧!胖哪里就照哪里,1次照射30分钟,每天照射1次或每星期照射3~5次,连续照射3~4周后,休息1周。

✳ 医师叮咛

千万不要以为温度越热就越有效果,将温度调至微温即可,太热反而会让皮肤烫伤起水疱。如果你购买的红外线灯无法调温,请将灯挪到离身体远一点的地方再照射(以皮肤感到微温的距离即可)。

●拔哪里?

在膀胱经、期门、章门等穴位上拔罐10~15分钟即可。

先在背部的膀胱经拔罐10分钟后,再拔身体正面期门、章门的位置。

●拔罐穴位轻松找

膀胱经——以脊椎为中线,脊椎左右侧约手指三指宽的位置,就是膀胱经。

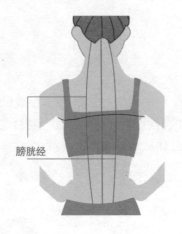

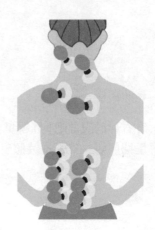

膀胱经

期门——期门在胸骨的最末端与乳头下方的交叉点上,大约在内衣钢圈的位置。

章门——章门就在肋骨的最低点。

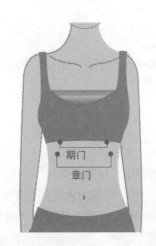

●按哪里?

腹部及大小腿的内、外侧。

●按摩方式

以四指的指腹顺时针按摩腹部15次,接着再逆时针按摩15次,之后按摩腿部,顺序是由小腿往大腿按摩,先按两腿的内侧,再按两腿的外侧。

◆循环不良型的必瘦注意事项

最易变瘦时间

白天是气最盛的时候，也是最适合循环不良型者减肥的时刻。此外，睡前泡澡也有助于循环。

最适合的活动

任何可以流汗的运动都适合，但是太剧烈的运动除外，以免心脏无法负荷。

泡澡方

◆**材料** 大黄、丹参、益母草、丹皮各60克，苦参、木香各30克，薰衣草精油数滴。

◆**做法** 将以上药材(薰衣草精油除外)加3 000毫升的水煮开后，再以小火煮30~40分钟，然后去渣，将药液及精油倒入浴缸中，再加水至身体可以浸泡的程度即可。

◆**用法** 每日泡澡1次，以20~30天为1个疗程。

◆**功效** 具有活血化瘀、改善血液循环、排便排毒效果，对于便秘又睡不好的人效果更佳。

✳ 医师叮咛

患有高血压、气喘、糖尿病的朋友要小心使用，以避免因高温及蒸汽使病症发作。此外，怀孕中的妇女也禁止泡澡喔！

第4组　结实肥肉型——最忌暴饮暴食

结实型的肥胖,多发生在20~40岁的年龄,通常是属于神不知鬼不觉的"渐进型肥胖",比如"上半年,体重好像增加了3千克,1年下来,总共胖了七八千克"。

常见的症状是:身体肥胖又健壮,脸色红润,食欲良好,易饿,经常口渴想喝水,常有头晕的现象(因为吃得太多,血液往胃流,易引起头晕现象),易口臭,嘴巴易破,火气大,便秘,四肢沉重,体重变动大。

从活动来看,结实型肥胖靠运动减肥的效果比针灸来得好,因为结实型肥胖者的新陈代谢非常好,只要是运动,不管是陆上的拳击有氧,还是水里的游泳等,只要运动消耗的热量比吃进肚里的热量多,很快地,你就可以发现"瘦下来,真好"。

由于结实型肥胖的人火气较大,夏天不妨多吃一些西瓜降火;此外,像绿豆稀饭、荷叶粥、扁豆粥、薏米粥等清凉又消暑的食物也不错。

在前文中,我曾经提到水肥型的人不适合喝茶,但结实型的人倒可以适量地喝茶,尤其是荷叶茶对于结实型肥胖者减肥的效果更佳。

◆结实型的必瘦饮食方式

结实型肥胖最忌暴饮暴食,若以为"上一餐吃多了,下一餐不吃"就可变瘦那就错了,因为结实型者吸收特好,几乎是将吃下去的东西都转变成能量或脂肪囤积在身上,想要下一餐少吃?已来不及了。

在生活作息方面,结实型肥胖要特别重视排便的顺畅,因为结实型肥胖者通常喜爱吃肉或重口味的食物,常有便秘习惯,1周仅大便一两次是家常便饭。想想,身上带着一堆大便是多么可怕的事。

想变瘦，可多吃这些食物

白菜、芹菜、莴苣、竹笋、莲藕、苦瓜、荞麦、番茄、菊花茶，都是结实型肥胖者的助瘦蔬菜。其中，荞麦的热量不高，又能消胀气，还能通便，被称为"肠胃的清道夫"，非常适合结实型或暴饮暴食的人食用。

忌吃食物

结实型的人属于较易上火的体质，多半喜欢吃重口味的食物。但是很抱歉，辛辣、重口味的食物会让你的体重继续攀升。所以，下次若看到麻辣火锅、姜母鸭、酒等，请尽量控制不吃。此外，饮食的时候也不要使用太多调味料，像葱、姜、辣椒等，以免增加食欲，不知不觉中又多了几千克。

如果你是无肉不欢的结实型人士，请避免将鸡肉、牛肉吃进肚。就中医的观点来看，鸡肉和牛肉是温阳之品，属于燥热型食物。想想，一个本身就容易上火的人再吃进燥热食物，岂不是火上加火了？若想吃肉，不妨选择猪肉、鱼肉，这比吃进鸡肉、牛肉要好得多。

◆结实型的必瘦药膳饮

帮你去脂还可使便便顺畅 **木耳冬瓜白菜汤**

◆**材料**　黑木耳20克，干海带10克，干海藻10克，冬瓜20克，白菜50克，小米50克。

◆**做法**　海藻与黑木耳先放入锅中加水1 000毫升煮30分钟，再将其他材料放入锅中煮至小米熟烂，即可食用。

◆**服法**　每天2碗，可连续食用2周。

◆**功效**　清除血中油脂，化痰利尿，又可通大便，久服有助于减肥。

注意：甲状腺功能亢进者不可食用。

山楂决明茶 *脂肪少一点，毒素多排一点*

◆材料　山楂、决明子各10克,白萝卜、绿豆各20克。

◆做法　先将山楂、决明子加水1 000毫升煮20分钟,再加入其他药材煮至绿豆熟烂,即可饮用。

◆服法　每日1剂,可连续饮用1个月,饭后饮用尤佳。

◆功效　平肝泻火、散瘀利尿,清除体内毒素并起降脂作用。

强力乌龙减肥茶 *适于吃油腻过重者*

◆材料　乌龙茶10克,山楂、金银花各11克,荷叶、紫苏叶各7.5克,空茶袋(中药行或各大超市均有售)1个。

◆做法　将上述材料装在小茶袋中,加800毫升的沸水冲泡约20分钟,即可饮用。

◆服法　1天喝1包,可以反复回冲,饭后饮用效果最好。

◆功效　这一道茶有清热降脂去湿的功用,对于平日爱吃大餐、经常暴饮暴食、应酬多多的人最适合。

针对肥胖又有高血脂的人 强身降脂茶

◆材料　普洱茶、丹参、山楂、何首乌、泽泻各10克。

◆做法　将上述材料与800~1 000毫升的沸水共煮，先以大火煮开，再转成小火续煮15~20分钟。

◆服法　1天喝1剂，可代替开水喝，1天分数次喝完。

◆功效　这一道茶饮可以活血化湿、降脂减肥，对于肥胖又有高血脂问题的人很合适。

◆结实型的必瘦塑身方式

　　一般人常用来缓和中暑的刮痧，是结实型人士瘦身的法宝之一。另一种很适合结实型人士使用的塑身法为拔罐，结实型肥胖者可用拔罐来促进局部代谢。

　　听到拔罐，很多人会说："那很麻烦，需要别人帮忙。"其实，只要穴位在正面，自己也可以做。现在有一种迷你拔罐器，就算穴位不在身体的正面，只要熟悉穴位位置，自己也可以进行拔罐喔。

　　除了刮、拔外，穴位按摩对于结实型的人也有一定的瘦身作用！

●刮哪里?

刮痧塑身方法:以肚脐为中心,在往上3个手指、往下3个手指、往左3个手指、往右3个手指的宽度范围内,先上下刮20下之后,再左右刮20下(如果感到不适,请立刻停止刮痧)。每天均可做。

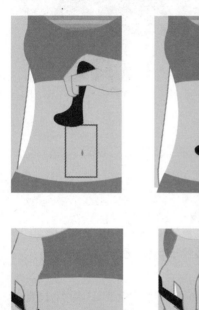
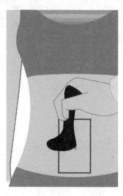
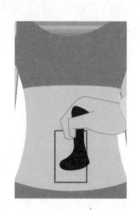
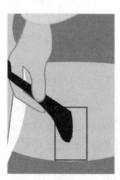
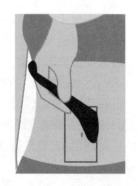

✳ 医师叮咛

在刮痧的时候，请千万牢记不要上下来回刮，这样子刮再多次都是没有效果的。

许多病人以为刮痧要刮到瘀血，其实，只需要刮到皮肤红红的就可以停止。坊间传说的刮到瘀血、见紫或是越红越好都是错误的说法。

刮痧后一定要马上喝300毫升的水，对刮痧的效果最好。

另外，刮痧前请先抹上有助于刮痧的材料，其中以刮痧油的效果最好，万金油也行。若你喜欢婴儿油的味道也可用婴儿油，但效果没有前者好。

●拔哪里？

拔罐1次10~15分钟，每3~5天1次即可。需要拔罐的穴位有中脘、中极、天枢、水道、腹结。

●拔罐穴位轻松找

中脘——中脘就位于胸骨最末端与肚脐的中间。

中极——中极就位于肚脐与耻骨之间。请将肚脐到耻骨的距离分为五等份，中极就在第四等份处(就是阴毛的最上面)。

天枢——天枢的找法很简单，请想象乳头下方有一道垂直的线，将这道线与身体中心线之间再等分画出一条直线，称为胃经。胃经与肚脐的交叉点，就是天枢的位置。

水道——将四指并拢，放在天枢下方，即为水道。

腹结——腹结就在乳头下方的垂直线上。找穴位的方式为：请将天枢和水道想象成三角形的底部,腹结的位置就在三角形的顶点处。

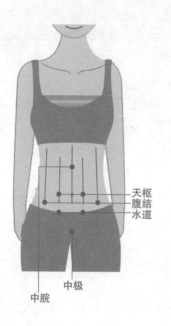
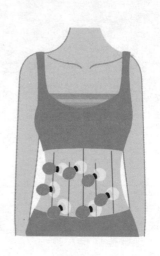

天枢
腹结
水道

中脘　　中极

●按哪里?

　　结实型的人胃经较旺,在按摩时一定要以胃经为主(天枢和水道所在的直线位置,就是胃经),并且由上往下按摩。

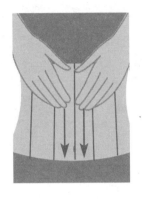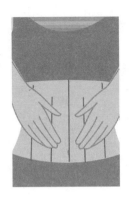

如果你是属于"虎背熊腰"型的结实人，那么还可以按摩背部——从背部的膀胱经按摩到腰部的膀胱经。

如果担心按不到，也可以买懒人敲打棒来敲打。

●按摩方式

请以肚脐为中心，采用顺时针和逆时针交替按摩10~15分钟。它除了有让肚子变小的功效外，还能帮助排便顺畅。

✳ 医师叮咛

结实型的人肉肉较实在，在按摩时请加重力道，按摩才会比较有效喔！

◆结实型的必瘦注意事项

很多人都认为泡澡可以减肥，但对于虎背熊腰的结实型肥胖者，泡澡和熏脐并不是适当的减肥法。

最易变瘦时间

白天运动，可以让结实型肥胖者瘦得更有效率。如果白天无法运动，那么晚餐后运动也是不错的选择。

最适合的活动

任何可以流汗的运动都适合结实型肥胖的人。此外，在夏天的时候，结实型的人也适合洗冷水澡，可以加速新陈代谢。

第 3 课

想美丽，先调经

你听过"经期减肥法"，但却不知道如何实行吗？

你有"经前综合征"，却苦于无法改善吗？

曾经有一位已婚妇女告诉我："医生，我每次月经快来的时候，就会很想骂人，所以我的老公都知道，在我月经快来的时候，最好不要惹我。"

没错，在月经来之前，有些美眉会发现身体变得肿肿的，体重也突然上升；也有些女性会感觉自己的情绪变差、易哭；还有人容易长痘痘，这都是所谓的经前综合征。

如果你受到"经前综合征"的困扰，在本课中，将介绍许多方式让你的症状得到缓解。如果你不是经前综合征的一员，那么也不能错过本课，因为通过月经周期来调整饮食，的确可以让你瘦出效率喔！

进入青春期之后,女性就有月经来潮的现象,月经不仅会造成我们每个月生理周期的变化,还可能会影响女性的美丽。月经来之前,美眉们都会发现身体变得肿肿的,体重也突然上升,原因在于此时雌、孕激素分泌增加,体重就会跟着上升。

让你瘦出效率的经期减肥法

自从"月经减肥法"流行之后,许多病人会问我:"李医师,利用月经周期来减肥真的有效吗?"当然有效,但是美眉们一定要选对日期,在该减的日子里控制饮食,不该减的时候可别乱减喔!

第1期:不可减肥期

月经来的第1天,是一个月经周期的开始,此时雌、孕激素和黄体素都处在比较低的阶段,减肥的效率最低,所以请不要在这个阶段减肥,也不要在此时吃太多甜食。

许多美眉都在问:"李医师,听说经期失血多,可以多吃巧克力,而且不会胖,这是真的吗?"抱歉啦,这是假的。虽然我们在经期感觉失血很多,卫生巾也用掉不少,但是实际上,女性在经期时所排出的血量只有60~80毫升,比捐一袋血(250毫升)要少得多。所以,如果认为在这个时候会贫血过度而大吃甜食,那么小心喔,经期过后你会发现,这些甜食的热量就留在你身上不走了。

既不能减肥,又不能吃太多,那么在经期时,究竟要怎么吃才对?

请以补充含有铁质及丰富纤维素的食物为主, 如菠菜、海带、葡萄、鱼类等,将有助于让经血顺利排出,也不会出现每逢经期就头昏眼花、痛经等现象,还可以让体重不会因为嗜吃甜食而节节上升喔!

虽说不是每个人都会有这种因月经周期而产生的生理变化,但对于激素变化较敏感的人来说,当进入月经前,黄体开始萎缩时,雌激素和孕酮的分泌也会逐渐减少。一旦雌激素减少,就比较容易引起焦虑、抑郁、注意力障碍、精力减退、嗜睡、腹胀和食欲减退。当孕酮降低时，女性较容易出现易激动、情绪紧张和失眠，青春痘及皮肤粗糙也随之出现。而因为雌激素与孕酮会抑制泌乳素分泌，所以当这两者下降时，就会因为泌乳素上升而导致乳房胀痛的现象。

＊医师叮咛

从月经周期看避孕

月经周期(生理周期)可以根据内分泌的变化来分为4期。想要采用生理期安全避孕法的美眉们，请千万记住，月经来的第1天，就是周期的第1天。有些美眉会将经期结束后的第1天当成周期的第1天，结果同房一次就怀孕，千万要小心喔!

第2期：用力减肥期

经期结束后的这个星期，就进入了所谓的"卵泡期"，此时雌激素、孕激素及黄体素都慢慢地增加。想要减肥的美眉，请把握这个最有效率的阶段，多做运动，减少热量的摄取，你会发现在这个阶段，减肥减得真有成就感喔!

第3期：中度减肥期

整个生理周期的第14~21天，称为"排卵期"。这个时期，也是减肥的好时机。此时雌激素、孕激素开始慢慢下降，黄体素却还在缓缓上升，体内的水分会排除得较慢，如果适当地减重，可帮助控制雌激素、孕激素下降及黄体素上升的速度，也比较不会出现水肿的情形。

第4期：轻度减肥期

在月经来之前的1个星期，减肥进入缓慢期，此时黄体素及雌激素、孕激素都很高，减肥的效果自然也就变差了。在这个阶段，美眉们不必像第2期那样加强运动（因为此时靠增加运动量来减肥的效率不佳），只需要控制热量即可，等到经期结束后，再加强运动吧！

不让经期问题破坏美丽

你知道吗？女性的生理周期不但跟减肥有关，还会影响我们的美丽与情绪，所以我总是告诉病人："想美丽，先调经。"不只是注意经期准不准，各种会影响到我们美丽与情绪、身体健康的问题都要关注！

你是经前综合征一员吗？

根据统计，在美国有20%~40%的女性都会出现"经前综合征"。

什么是"经前综合征"？你是否发现，月经来之前，心情会觉得烦躁，想哭，没有安全感，失眠，胸部会胀痛，身体会水肿，以及突然很想吃进一块块的炸鸡、甜食。

不必怀疑，你，就是经前综合征的一员。心情烦躁会影响到思考模式和行为动作，让你在众人眼中变成了不可理喻的女人；水肿会让你看起来大了半号，说不定还会有人怀疑你是不是"有了"；吃进高热量食物，会让人长痘痘；失眠就更不用说了，整夜失眠，第二天还会有好气色吗？要想美丽，当然要先调经啰！

为什么会有经前综合征？

经前综合征大约发生在月经来临前1个星期，少数女性则会从月经来临前2个星期就开始出现。

为什么会有经前综合征？有一种说法是认为经前综合征与内分泌

相关,也有一说是与泌乳激素偏高有关,也有人认为是水分滞留在体内,或是维生素B_6不足等引起的。但真正的原因仍然不得而知。

虽然经前综合征有很多种症状,但还是可以分为四大类。

神经紧张型

易紧张、发怒、焦虑不安、烦躁、失眠、阴晴不定,像颗不定时炸弹一样。

水分过多型

四肢水肿、乳房胀痛,因浮肿导致体重上升,但经期过后体重就会下降。

贪吃型

食欲在经期来临前突然变得特别好,超想吃甜或咸食;经前有头痛、疲倦、头晕、心跳加快的现象;因为嗜吃重口味,食欲又变得很好,体重会突然上升,就算经期之后还是无法下降。

忧郁型

健忘,多愁善感,别人说一句话就胡思乱想,失眠,为小事情犹豫不决,为小事沮丧,容易掉眼泪,眼睛像趴趴熊,脸上一点儿光彩都没有。

这样改善经前综合征,有效喔!

经前综合征的发生分为心理与生理两方面,心理上如情绪不稳,生理上有胸胀痛、贪食等。有些女性只会出现单一症状,但很多女性会同时出现生理与心理状况。改善经前综合征可从几方面来着手。

保持情绪的稳定

月经来临前,多听听轻音乐,或静坐、做SPA等,可减轻心理压力,放松心情。

如果希望平缓焦躁的情绪,那么不妨做做简单的运动,以每2天做一次运动,每次维持半小时的模式进行,可以借由运动来缓和烦躁的心情。这么一来,美眉们就不会一焦虑就想靠吃来解决,也不会整晚失眠,隔天早上就成了趴趴熊。

如果你有经前综合征的问题,在选择运动时也有一些小秘诀:高强度的有氧舞蹈要比低强度的有氧舞蹈更能有效地缓解经前不适症状。此外,像爬山、太极拳、气功等也是不错的选择。

✳ 医师叮咛

在月经来临前1周,不妨使用精油按摩或沐浴,有助于精神的稳定,助你一夜好眠喔。

材料:薰衣草、檀香、玫瑰、葡萄柚等精油都很适合。

做法:将精油稀释后涂抹于皮肤并按摩,或是滴几滴于浴缸内泡澡均可。

功效:有助于镇静催眠、发汗利尿,也可说是一种辅助治疗。

借由饮食来改善不良情绪

情绪不好时,面包、蛋糕等甜食会让人心情变好,这是真的吗?

没错,因为碳水化合物可以增加脑部血清素的浓度,让人心情好起来。可是你知道吗,靠着碳水化合物来稳定情绪,最多3个小时候就无效了。所以,很多美眉会出现每隔3小时就又想吃油炸食品、甜食等情形,如此少量多餐,肉肉就缠身了。

该怎么办呢?别担心,建议你多吃一些低脂肪、高纤维的食物如燕麦片、苹果等来代替热量高的碳水化合物。不论是水肥型、循环不良型还是结实型的肥胖人士,都很适合食用。

研究发现,经前综合征患者每天所消耗的乳类及精细的糖类、盐类,都比没有经前综合征的人要来得多。所以许多专家建议症状较严重的女性,最好尽量避免或减少进食乳类及精制糖类和盐类食物。

而研究也指出,过高的雌激素与经前综合征有关。由于高脂肪饮食能提高雌激素的水准,而高纤维素饮食可降低雌激素,因此有经前综合征的女性不妨采用高纤维素、低脂饮食。建议多吃粗制食物如糙米、豆类和黑芝麻、南瓜子、核桃、绿叶蔬菜。而花生、深海鱼类均可以缓解焦虑、抑郁等症状。

如果你是情绪容易紧张、烦躁的美眉,在月经来临前7~14天,也要少喝刺激性饮料,如咖啡、酒、奶茶等,尤其是含咖啡的饮料不但会使经前综合征的发生增多,还可能让症状加重。因此,有经前综合征的女性,更要限制咖啡因类饮料如咖啡、浓茶等,以改善症状。

月经前1周,就这样吃吧!

临床上发现,在月经来临前7~14天,如果服用某些维生素,也可以让经前综合征的症状减到最轻。

这些维生素分别是维生素B_6、维生素B_1、维生素C、钙片及卵磷脂。我们可以从番茄、豌豆、深绿色蔬菜中摄取B族维生素;可以从高钙低脂牛奶中及小虾米、豆腐、海带、杏仁、坚果中来摄取钙质;至于卵磷脂,则可以从甘蓝、蛋、米、豌豆、花椰菜、扁豆之中得到。

对于贪吃型的美眉,可以摄取镁来帮助糖分的代谢。镁在深绿色蔬菜中都找得到,所以,多吃深绿色蔬菜、杏仁、大豆就没错。若是经前有痘痘出现或皮肤变差的情形,不妨吃些适量的牡蛎,可以改善肤质喔!

对于身体容易水肿的女性来说,在月经来临前1周,更要减少盐分以及太咸(如咸菜)、重口味的食物(像浓汤、辛辣食物)的摄取,以免体重急剧上升,水分滞留体内,造成身体浮肿、脸也没有元气的现象。如果在此时去相亲或是与暗恋已久的他见面,那可要大大地扣分哩!

以下提供两道可以舒缓经期不适的药膳茶饮：

佛手玫瑰解郁茶 可减少胸腹胀痛

◆材料　佛手、玫瑰、香附、山楂、红糖各9克，生姜3片。

◆做法　将上述材料用500毫升的水熬煮当茶饮。

◆功效　有疏肝、理气、养血功能，对于治疗乳胀、胸闷、腹胀有一定的效果。

玉枣粥 助你一夜好眠

◆材料　小麦约15克，大枣10枚，玉竹约9克，粳米1杯。

◆做法　用500毫升的水将上述材料煮成粥食用。

◆功效　有养阴补肝功能，对于治疗失眠、口干有一定的效果。

注：1.在很多病例中，出现体重增加、钠盐增加的现象，是由于在患者体内引起调节水分、钠盐代谢的醛固酮分泌增加而引起的。

2.维生素B_6不足也可能是发生该病的因素之一。用此种维生素治疗可以促进激素的变化，增强大脑的调节能力，所以可以调节患者的行为与情绪。

part 2

变美篇

汉方美肌，让你全身有光彩

变瘦和变美,你会选择哪一项?

每当我问女性朋友这个问题时，大家多半会说:"两项都要。"因为,光变美却胖胖的,穿衣服不会好看;光变瘦而不美,看起来就会显得憔悴。所以当然是既能变瘦又能变美最好啰!

正因为了解女性朋友的心声,在本课中,将会针对长期困扰女性的损美问题,如头发枯黄、黑眼圈、眼袋、口臭、狐臭等状况各个击破,让美丽不再减分!

美丽的第一步：洗脸

用"泡沫"洗面奶来洗脸！

很多女性朋友会花大钱买保养品、化妆品，却忽略了最基础的事情——洗脸。

洗脸，不但是脸部美容的第一步，更是让脸儿漂亮的重要步骤。夏天时天气热，只要发现脸部油腻，就要洗脸；运动后，脸上布满汗水，也要赶紧洗把脸，别让汗水留在脸上破坏你的皮肤。

冬天的时候，因为天气冷，只需要早、晚各洗一次脸即可。我看过很多人因为赶时间，就把洗面奶放在手上，直接往脸上抹——这样子对脸部皮肤太刺激。正确的洗脸方式是：①将脸泼湿。②将洗面奶挤在手上，并加一点水让洗面奶起泡沫。③将起了泡沫的洗面奶放在脸上，用中指和无名指将脸上各个部位按摩洗净。④记得喔，一定要将脸洗干净，冲水时也要将洗面奶冲干净。

在冬天洗脸，有一个特别值得我们注意的地方：请在洗完脸后半个小时再出门。洗脸跟出门有关系吗？当然有啰，因为冬天时，外面的温度要比室温低，如果洗完脸后不久就出门，迎面而来的冷空气将会对毛细孔造成伤害，让水分加速蒸发，皮肤上的油脂也会跟着减少，使得皮肤干燥粗糙。

让你水嫩动人的秘诀

洗完脸后赶快按摩，防止岁月流逝

如果坚持洗完脸后按摩脸部，渐渐地，你会发现脸上越来越有光泽，气色也变得很好（按摩方法会在稍后提到）。

如果没空按摩也没关系,只要在洗脸后用一条干、软一点儿的毛巾在脸上来回摩擦(若担心太干,可加点乳液),借着这轻微的刺激就可让皮肤更有弹性,营造水嫩的肤质。

晚睡的"猫头鹰"不会有好皮肤

皮肤在晚间进入修补期,若是太晚睡或熬夜,会让皮肤在该休息的时候不能休息,也无法做修补的工作。长期下来,皮肤还可能好吗?!

奉劝各位爱美人士,如果想要有水水的肌肤,在11点前躺平较好。

使用磨砂洗面奶好吗?

也有一些美眉会问:"李医师,既然洗脸是这么重要,那么使用磨砂洗面奶是不是可以洗得更干净?"

小心喔,如果你的皮肤属于敏感性皮肤,或是正在发炎的痘痘脸,使用磨砂洗面奶反而会过度刺激皮肤,让发炎情形更严重,从而诱发感染。

啊! 我不要成为黄脸婆!

有的人肤色赛白雪,有的人脸色属于"黄昏色",有的人是黑甜女,这都是天生的。但如果正常肤色变成了又暗沉又蜡黄,那可就不好了。

不想成为黄脸婆吗? 首先,你得知道造成皮肤暗黄的四大原因。

● 经常在外面风吹日晒,摩托车不离身,长期使用不良的保养品,想要皮肤红润透白? 难啊!

● 血液循环不好、新陈代谢太差的人,容易让体内的自由基与废物堆积在皮肤上。于是,肤色暗沉又蜡黄,痘斑也会跟着来。

● 你看过身体不健康、精神不好的人有红润的苹果脸吗?所以,假如你的情绪长期处于不佳状况,或睡眠不好,那你一定是个黄脸婆。

● 临床上发现，一个饮食不均衡、吃进太多对于润泽皮肤无益食物的人，皮肤也不会太好。所以，从吃来着手，吃进对皮肤有帮助的食物，少吃对皮肤不好的食物，会让你的肤色变好，连肤质也会更好喔！

美肤茶 让皮肤比从前更红润有弹性

◆材料　绿茶粉10克，阿胶7.5克。

◆做法　将绿茶粉以沸水冲泡，再加入阿胶搅拌溶解即可饮用。

◆服法　每天喝1次，连续喝2个星期后，休息1个星期，再继续饮用。

◆功效　对于皮肤干燥、没有弹性、脸色萎黄的人，有一定的效果。

皮肤过敏怎么办?

每到秋天的时候，因为皮肤过敏而来求诊的病人就会增加。中医讲究对症下药，看体质治疗，针对四季也有不同的保养方式。若是体质燥热者或有过敏性体质的人，在秋天时最容易出现皮肤困扰，其中又以皮肤干燥、异位性皮肤炎、过敏性鼻炎最多。

食疗方面，秋天时，水梨是最适合过敏朋友食用的水果；若要入菜则以山药、萝卜、百合最适合；喜欢药膳的朋友，不妨以竹笙、玉竹、黄精、沙参、川贝、百合、胖大海、麦冬、女贞子、旱莲草、西洋参来做调理，会让皮肤更好。

补充胶原蛋白 **杏仁阿胶散**

◆**材料** 杏仁粉150克，糯米粉150克，黑糖240克，阿胶约26克。

◆**做法** 将杏仁粉、糯米粉、黑糖均匀调合成杏糯糖粉。

◆**服法** 每次食用时，先取10克杏糯糖粉，另外再取阿胶3.75克，用热水加热溶解即可。早、晚各服用1次，连续吃1周即可。

◆**功效** 对治疗秋天气喘、皮肤干燥均有一定的助益。

治疗湿疹皮肤痒 **润肤洗剂**

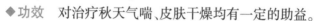

◆**材料** 苦参、大黄、黄柏、藿香、黄芩、伸筋草各7.5克，淮山、白芨、黄精各11克。

◆**做法** 将上述材料放入锅中，加入600毫升的冷水，以大火煮沸后，再以小火煮30分钟即可。

◆**用法** 可用薄布吸药水后擦拭皮肤或覆盖皮肤，5~10分钟后，再洗净即可。次数为1天1次。

◆**功效** 对于秋季皮肤易痒起湿疹者，有缓解的效果。

注意：也可以数份一起煮，但水量要跟着加倍。

我要一双迷人电眼

眼睛浮肿怎么办？

眼睛浮肿不一定是没睡好造成的。造成眼睛浮肿的原因很多,很多肾不好的人,都会有这方面的问题。如果你长期眼睛浮肿,睡眠状况也不错,那么最好是向医生咨询,看看是否为慢性病引起的眼睛浮肿。

假如是睡眠问题引起的眼睛浮肿,除了睡眠不足外,枕头太低也会让眼睛浮肿,俗话说"高枕无忧",但是枕头太高会增加颈部牵引的角度,让颈部酸痛,于是有人干脆不睡枕头,这样又会让头部缺乏良性的支撑力量,干扰我们的睡眠,进而影响睡眠,造成眼睛浮肿。

如果是疲倦、睡眠问题造成的眼睛浮肿,多半有黑眼圈、腰酸背痛的现象。除了及早睡觉外,平日就要多按摩眼睛周围,洗脸时用热毛巾热敷眼睛,对于眼睛浮肿和黑眼圈都有帮助。

嫌按摩、热敷太麻烦?!那么就得靠菊花了。菊花可以明目,喝菊花茶对眼睛有一定的美容效果。对于身体太冷或不喜欢喝菊花茶的人,不妨将毛巾浸泡在菊花水之中,拧干后再敷在眼睛上,每天只需要5分钟,1天1次,7天就能改善眼睛的浮肿喔。

不想被黑眼圈侵袭

你的眼眶四周出现了黑褐色的阴影吗?

小心,你已经被黑眼圈侵袭了。

黑眼圈不会痛、不会痒,也不会影响到健康,却会让你的脸色看起来更加憔悴。

造成黑眼圈的原因很多,像是过度疲劳、睡眠不足、情绪压抑、过度食用冰凉食物、纵欲过度、过敏性鼻炎等,都会产生黑眼圈的现象。

女性如果月经失调，也会出现黑眼圈的情形。临床上的治疗方法是先调经，以脱离趴趴熊的日子。有些女性生产后未将体质调理好，也会出现黑眼圈的情形。

如果你的黑眼圈很暗沉，整个人精神不佳，又很消瘦，很可能是有内脏方面的疾病，最好到医院检查。

有的小朋友也会出现黑眼圈，这很可能是由于慢性支气管炎、慢性肠胃炎、过敏性鼻炎或贫血所造成的。但由于小朋友的体质较单纯，小朋友的黑眼圈要比成人消失得快且容易。

至于长期有饮酒习惯、肝不好的人若出现黑眼圈，那就要特别小心了，因为这很可能是恶性肝病的前兆；其他像是长期缺乏维生素C、维生素A，又有抽烟习惯的人，也很容易出现黑眼圈喔！

创造电眼诀窍大公开

改善黑眼圈，按敷有效

黑眼圈可以说是比较不容易治疗的疾病，除了睡眠充足、不过度疲劳外，另外还有几个小诀窍可参考。

首先，请记得晚上睡觉前，用热毛巾热敷双眼，让血液循环较好之后，再进入梦乡。但是，如果你有熬夜的习惯，黑眼圈就比较不容易改善了。

第2个方法是按摩法，按摩眼睛附近，也可以改善黑眼圈。

●按哪里？

按摩四白穴和眼眶的上、下方，以局部的刺激来赶走黑眼圈。只要有恒心，"熊猫眼"将不再那么明显。

●按摩穴位轻松找

四白穴很好找。瞳孔正下方约1个大拇指宽的凹处，就是四白穴。

●按摩方式

1.以双手的食指点压四白穴，每次1秒，连续做14次。

2.双眼微闭，将双手打开，手心放在眼皮上，由眼头往两边的太阳穴轻轻移动，做20次，感觉眼睛热热的，非常舒服。

四白穴

3.以食指揉按四白穴1分钟。

4.以大拇指按压眼睛四周，方向是从眼睛内侧开始往眼尾的方向按压，接着按压下眼眶，如此上下眼眶轮流按压共10次。

●按摩效果

经常按压四白穴,可以调节内脏功能,保健美目,缓解眼部暗沉浮肿喔!

✱ 医师叮咛

在点压四白穴时,不能太轻。但在手心抚眼时,一定要轻柔,以免让眼部脆弱的皮肤受伤。

消除眼浮肿,就用按摩吧!

一早起床,看到眼睛肿肿的,像只金鱼一样,心情怎么好得起来?!

你知道吗,除了睡眠不足、失眠、睡前喝太多水会引起泡泡眼外,年纪轻轻就有泡泡眼,很可能是疾病的征兆。当然啦,步入中年,眼睛皮肤组织衰老,也会产生眼泡。

眼泡让人看起来又老又没精神,不论是什么原因造成的,都来按摩消除泡泡眼吧!

●按哪里?

只要按摩眉骨上的3个穴位(攒竹穴、鱼腰穴、丝竹空穴)以及承泣穴即可。

●按摩穴位轻松找

攒竹穴就在眉头处。
鱼腰穴就位于眉中央。

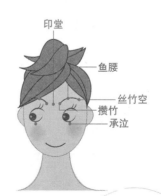

印堂

鱼腰

丝竹空

攒竹

承泣

丝竹空穴就在眉尾的凹处。

承泣穴位于瞳孔中间、眼眶下方的凹处,非常好找。

●按摩方式

1.将双手四指握拳,大拇指放在太阳穴上,双手食指的指节靠在印堂穴上(即双眉的中间)。以一定的力量,将食指由印堂穴往太阳穴方向刮,需刮21次。

2.同样将双手四指握拳,大拇指放在太阳穴上,但双手的指节靠在鼻梁两侧。以双手食指指节从眼头往太阳穴的方向刮动下眼眶,同样刮21次。

3.用大拇指的指腹按揉承泣穴1分钟即可。

●按摩效果

按摩承泣穴对于眼睛疲劳或眼睑痉挛有一定的效果,再加上攒竹穴、鱼腰穴、丝竹空穴的刺激,可以让眼部的血液循环变好,减少眼泡。

✳ 医师叮咛

刮攒竹穴、鱼腰穴、丝竹空穴时,力道不能太轻,让眉骨有一种下沉的感觉就对了。

黑眼圈+眼袋一道预防 **苹果鲜鱼汤**

◆**材料**　苹果2个,鱼1条(以鲈鱼或鲤鱼的效果为最好),生姜3片,红枣10颗,盐少许。

◆**做法**

1.苹果、红枣洗净,苹果去皮、去子、切片,红枣去子,备用。

2.炒菜锅中入油,将生姜煎成黄色后,放鱼入锅中煎至鱼肉微黄后熄火。

3. 取一汤锅,将煎过的生姜、鱼,切片后的苹果、红枣放入,注入适量水,先开大火,待水滚后转为小火续煮2小时,再放入盐调味即可。

◆**服法**　将鱼汤当菜吃,分次将鱼汤吃完,1周吃2条鱼。

◆**功效**　在重要约会、拍照的前几天开始喝这道鲜美的鱼汤,不但可以预防黑眼圈,还能防止眼袋的产生,对于脾虚或气血不足所造成的脸色萎黄、眼皮浮肿、失眠头晕也有一定的改善功用喔!

不靠粉,黑眼圈也能变淡 **牛奶炖鱼肚**

◆**材料**　鲜奶500毫升,鱼肚150克,鸡肉丝少许,生姜3片,盐少许。

◆**做法**　将鱼肚洗净切成数块,放入锅中以小火煮2小时后,将鸡肉丝及生姜片放入锅内,将以上材料放入蒸锅,隔水蒸4小时左右,再加入牛奶煮开,熄火前加入盐调味即可。

◆**服法**　将鱼肚当菜吃,1周吃2~3次。

◆**功效**　养颜美容,滋润皮肤,消除黑眼圈。

桂圆莲子粥 预防黑眼圈+气血更好的食疗方

◆**材料** 桂圆50克，干莲子100克，糯米1杯，陈皮10克，盐少许。

◆**做法**

1. 将桂圆、干莲子、糯米、陈皮洗净，莲子去心备用。

2. 将上述材料放入锅中，加入适量的水，先以大火煮开，再以小火煮至糯米熟软后，加入盐调味即可。

◆**服法** 每天服1~2碗，连续服用1周。

◆**功效** 这道好吃的粥品不但可以养血、补气、健脾，经常食用还能预防黑眼圈的产生，并让你的气色比以前更好喔!

优质发，魅力更增

头发要常梳才会乌黑变多

很多人认为，经常洗头可以让头发乌黑亮丽、头发变多，有不少爱干净、怕掉发的女性甚至天天洗头。

洗头发真的能让头发变黑、变多吗?其实这是错误的观念。正确的说法是:头发要多梳，但不能天天洗。为什么呢?

每天若经常梳发，如早、中、晚各梳1次，不但可以按摩头皮，还能增强发根血液循环，为头发带来更多的营养。所以经常梳头对于促进头发的乌黑亮丽有一定的效果。

但如果经常洗头,反而容易刺激发根而造成掉发。一般来说,每星期洗2~3次即可, 千万不要因为自己是脂溢性脱发或发质偏油就天天洗头,如此一来反而不能让头发乌黑亮丽喔!

头皮屑多怎么办?

很多人认为头皮屑多,只要选择好的洗发精,或是多洗头,就能减少头皮屑掉满肩的情况发生,这也是一个错误的想法。头皮屑与饮食习惯有很大的关系,高糖分、高脂肪及油炸类的食物易促进油脂分泌,头发就比较容易油腻,从而产生头皮屑。

另外,酒、辛辣类的食物会引起头皮血管和全身血管扩张的现象,会加重头皮瘙痒,让我们不得不抓头。这么一来,头皮屑也就更多了。

那么,要如何减少头皮屑呢?

我的建议是,平日多吃蔬菜、水果,并多食用含有丰富维生素E族的食物(如杏仁、葵花子、花生油、小麦胚芽、全麦面包),因为维生素E族对于促进皮脂的新陈代谢极有帮助, 相对地也就能减少头皮屑的产生了。

头发白白怎么办?

曾经有一位老外提到,东方女性最令他着迷的,就是那头乌溜溜的秀发。女性多半喜欢留长发,但如果黑发中间有白发,就会破坏美感。

一般来说,女性在35岁前通常不会有白发,除非是家族遗传的"少年白"。若女性提早出现白发,大多是气血不足、肾气不足,或是天生体质差、后天又营养不够所导致。

如果觉得自己的头发枯黄,好像养分不够,那么,也可以先将香蕉榨汁,用梳子蘸香蕉汁来梳发(记得梳发后,要将头发清洗干净),会让头发更黑亮喔!

长期吃素或有慢性病患的人,常会因为营养素不足而出现黄发或灰发，这是因为体内缺乏铁、锌、铜所造成的；也有人是因为体内缺少蛋白质，而导致身体提早衰老。必须多吃可以补血的食物，如大豆、牛肉、牛奶、海带、紫菜、甘蓝菜、芹菜、菠菜、花生、燕麦、蜂蜜、核桃、牡蛎、蛤蜊等。

2个月内头发骤然变黑，要小心

有一天，一位女性患者告诉我："李医生，我有一位亲戚，她的头发原本是灰灰白白的，这2个月突然变得乌黑亮丽，真的好神奇喔！"

听到病患的话，我心中大喊不妙，连忙问她："你的亲戚是不是去染发了？"

她摇摇头。

"生活作息有没有改变？饮食有没有调整？"我再问。

"就是因为什么事都没做，头发就自然变黑了，所以才神奇啊。"她回答。

我告诉病患，一定要请她的亲戚去做检查。因为，在短短2个月内头发骤然变黑，很可能是癌症或肾脏方面的疾病所引起的，并不是好现象。

★掉发程度大测验！

一天到底掉多少根头发就算不正常？如何知道自己的头发和头皮是否健康？需不需要看医生？以下这个测验，可以为惜发如金的你找到一个答案喔！

测验开始，GO！

01检查看看，头皮上有没有片状掉发？
　有→第2题
　没有→第4题

02仔细瞧一瞧，掉落的发根上有没有发囊？
　有→第3题
　没有→第5题

03诚实回答，你曾经得过梅毒或肿瘤吗？

有→请看结果A

没有→请看结果B

04细数清楚，每天掉落的头发有无超过100根？

有→第6题

没有→请看结果E

05赶快看看，掉落的发根有没有断裂？

有→请看结果C

没有→请看结果D

06你的发根有没有断裂？

有→请看结果F

没有→请看结果B

07半年内，你曾经生过小孩吗？

有→请看结果G

没有→第8题

08摸摸你的头发，感觉它们是否变油、变细？

有→请看结果H

没有→请看结果I

★测验结果！

A：你的掉发可能是因为梅毒或化疗引起的。

B：小心喔，你的掉发可能是斑秃，要去看医生比较好。

C：嗯，你的掉发可能是由于菌类疾病引起的，得赶快去请医生检查。

D：如果你的头发又干又黄并容易断裂，可能是脆发症。

E：别紧张，你的掉发是正常现象，可以观察一阵子再说。

F：小心喔，你有斑秃的可能性，赶快去请教医生吧！

G：别担心，你的头发正处于静止期掉发，可以观察一阵子再说。

H：嗯，你可能是得了脂溢性皮炎，快去看医生吧！

I：别担心，这是正常现象，可以再观察一阵子。

掉发太多，是秃头的前兆

掉发的原因很多，突然掉发，可能是一下子吃进太多重口味的食物，或是突然而来的压力无法纾解而致。此时中医所建议的药膳多半是以舒肝、凉血、活血、消风的药为主。

一个人一天如果掉发30~100根，都算是正常掉发。如果长期大量掉发,一定要就医,千万不要听信偏方,随便吃吃抹抹。

若是长期掉发,在西医来说,大部分是由于头皮癣、脂溢性皮炎或斑秃;中医则称为虚证,治疗时就必须以养阴、补血为主。

无论是哪一种掉发,如果不重视,就可能会导致秃头。如果你发现自己的头上也露出1元硬币大小的头皮,建议赶快找医生询问。

生发黑发诀窍大公开

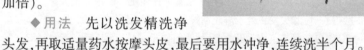

头发油腻治头皮痒防秃头水

◆材料 苦参、王不留行、明矾、苍耳子、金银花、菊花、蛇床子、地肤子、地榆各11克。

◆做法 锅中加入1 000毫升的冷水与所有的材料,先以大火将水煮沸,再以小火煮30分钟即可(可数份一起煮,但水量要加倍)。

◆用法 先以洗发精洗净头发,再取适量药水按摩头皮,最后要用水冲净,连续洗半个月。

✳ 医师叮咛

治疗期间不要吃辛辣、油腻食物,也不可喝酒。此外,这帖防秃头洗剂适用于头发油腻型。如果你的头发干干涩涩,请不要用。

治长期掉发 芝麻核桃糊

◆材料　核桃粉500克,黑芝麻粉1 000克,茯苓粉1 000克,红糖300克,蜂蜜适量。

◆做法

1.将黑芝麻粉、核桃粉、茯苓粉、红糖混合均匀,放入密封罐内。

2.每天早上取30克左右,并加水50毫升,放入锅中蒸热,食用前再加入蜂蜜调味,餐前或餐后食用均可。

◆服法　将上述的材料吃完,就算一个疗程。

◆适应证　对于长期掉发、新长的毛发较细、容易断裂的人有一定的效果,这道好吃的芝麻核桃糊有消积、健脾、补肾、养血、补气、帮助消化的作用,健康的人若常常吃芝麻核桃糊,也有保持头发乌黑亮丽、眼睛明亮、抗衰老的功用喔!

针对气血不足的掉发、少年白 莲藕黑豆煮花枝

◆材料　莲藕500克,黑豆100克,黑枣15颗,大的花枝1只,猪脚250克,生姜2片,盐少许。

◆做法

1.黑豆洗净,将水滤掉,备用。

2.莲藕、花枝、猪脚洗净切成片,黑枣洗净去子备用。

3.将滤水后的黑豆放入炒菜锅中热炒,直到豆衣裂开为止。

4.锅中注入适量的水,将所有的材料放入,先以大火煮,待水滚后改小火煮3个小时即可熄火。起锅前加入少许盐来调味。

◆**功效** 这道药膳有养肝、补血、黑发、生发的作用,对于血虚引起的掉发、少年白也有很好的帮助。如果贫血、体力不好,或是早晨起床时经常感到眼冒金星、头昏心悸,都可以服用这道药膳来调理。

桂枝龙骨粥 生发、黑发

◆**材料** 桂枝、白芍、女贞子各10克,龙骨30克,牡蛎15克,旱莲草12克,五味子、甘草各6克,籼米1杯半。

◆**做法**

1.锅中注入3碗水及所有药材（在来米不算）,先以大火煮开,再以小火煮40分钟后熄火,将药汁取出。

2. 将取出的药汁与籼米共煮成粥,即可食用。1天分2次或3次吃完均可。

◆**服法** 以10帖为1个疗程,吃完10帖后必须停用1个星期,才可以再继续吃。

◆**功效** 这道药膳可以补血、补肾、活血,并有生发、黑发的功效喔。

防止毛发掉落 **杜仲核桃生发汤**

◆材料　杜仲、核桃粉各30克，何首乌60克，玉米粒100克，羊肉150克，生姜2片，红枣4颗，盐少许。

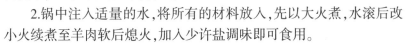

◆做法

1.杜仲、何首乌、玉米粒、羊肉洗净，红枣去子，洗净，备用。

2.锅中注入适量的水，将所有的材料放入，先以大火煮，水滚后改小火续煮至羊肉软后熄火，加入少许盐调味即可食用。

◆功效　此汤有补肾益气、黑发、生发的功用，经常食用可防止毛发掉落、肾虚现象，对于毛发稀疏枯黄的人也有一定的效果。经常腰酸背痛、精神不济、气血不足及尿频、月经失调的人，也可以服用。

注：此汤对于男性因为肾虚而早泄的治疗，也有一定的帮助。

再也不会失眠了

失眠在现代人中较为常见。造成失眠的原因有许多种，其中绝大多数由生理、心理及环境因素引起。常见的有下列几种：

生理因素

如疼痛、发热或皮肤瘙痒及新陈代谢、内分泌疾病都会引起失眠。

环境因素

如环境改变（刚住院、住旅馆等）、轮班工作、坐飞机所致的时差等，都会干扰睡眠。

心理因素

如工作压力过大、遭遇重大事件、日常生活改变所引发的不适应等。

精神方面疾病

如酗酒、焦虑症、抑郁症、恐慌症、强迫症等。

药理作用

酒精、抗癌药、咖啡因、降血压药、甲状腺制剂等。

从临床来统计,因情绪及压力所引起的失眠最多。一般人都以为上床后如果辗转难眠、不易入睡,更应该早点上床去培养睡意,其实这是错误的观念。正确的态度是:如果没有睡意,就不要上床去,也不要在床上看书、看电视看到入睡,而是建立起"上床就是要睡觉"的认知。

在介绍按摩、药膳方式之前,我有几个小建议:晚上若睡不好,那就取消午睡的习惯;睡前不要喝酒或含咖啡因的饮料;睡前2小时不要吃不易消化的食物;也不要在晚餐或餐后喝大量的水以避免夜尿。

拯救失眠诀窍大公开

失眠+好气色

●以指当梳,按摩肋骨

睡觉前,轻轻按摩腹部,从心窝由上往下按摩到肚脐(也就是身体的中线)。

以手指当梳子,将两侧的肋骨梳一梳、理一理,对于情绪较易郁闷、肤色较差的人有促进新陈代谢的效果。

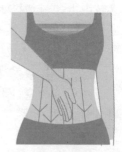

赶走失眠无力与斑点 西洋参猪血豆芽菜汤

◆材料　西洋参15克，猪血250克，豆芽菜250克，瘦肉150克，生姜2片，盐少许。

◆做法　将上述材料洗净，猪血切成块，瘦肉切成片；取适量的水倒入锅中，待水煮沸后放入所有的材料以小火煮1小时，再加入盐调味即可。

◆服法　当菜吃，每周吃1~2次。

◆功效　易心烦、失眠，精神易倦怠无力者，或脸上易长斑者，可常常服用这道汤品。

不想再焦虑、失眠 栀菊除烦明目茶

◆材料　山栀子、菊花、金银花各5克，茉莉花2克。

◆做法　将上述材料置于杯中，再倒入500毫升的沸水，盖上杯盖，放置10~15分钟即可饮用。

◆服法　每天早、晚各饮用1次。

◆功效　对于容易心烦，总觉得情绪躁动不安，或是眼睛干涩、易流眼泪的人有一定的缓解效果。

枣仁竹叶除烦安神茶 睡眠不中断

◆材料　酸枣仁、淡竹叶、七叶胆各5克。

◆做法　将上述材料置于杯中,再倒入500毫升的沸水,盖上杯盖,静置10~15分钟即可饮用。

◆服法　每晚睡前饮用1次。

◆功效　对于心中有事烦恼到睡不着、经常做梦易惊醒者有一定的帮助喔!

注意:请避免抽烟及吃辛辣的食物。

臭味,会让人气指数下降喔

口臭一定是牙齿引起的吗?

当你说话的时候,坐在身旁的人若是急着以手掩鼻,是不是很糗?

口臭,是一件令人感到很尴尬的事情。很多人都认为口臭一定是牙齿的问题。事实上,除了蛀牙、牙龈发炎、牙结石之外,扁桃体发炎、心脏病、肠胃系统疾病、鼻窦炎都可能造成口臭。

从中医的观点来看,胃火比较旺的人也较容易出现口臭。

此外,早上起床时,口臭也会特别严重。这是因为,口腔中有一种厌氧性细菌,这种细菌最喜欢生活在缺氧的环境中,而睡眠时唾液分泌得较少,相对地让厌氧性细菌生长得比较快。当厌氧性细菌在繁殖的时候,就会产生硫化氢,味道闻起来像臭鸡蛋,这就是我们会觉得早上起床时口臭特别严重的原因。所以,睡前刷牙是防止口臭的非常重要的措施。

平日会便秘的人,也比较容易出现口臭的情形。

小心,这些情形都会让你口臭

有口臭困扰的人,首先要少吃辛辣上火的食物,如葱、姜、蒜、韭菜、洋葱、芥末、辣椒、桂皮等,这类食物比较燥热,虽然在冬天可以让人有温暖的感觉,却会让口臭的人出现"火上浇油"的情形。

此外,像烧烤类、油炸类,都因为不易消化,在肠胃中停留的时间较久,而产生发酵的情形,让口臭更严重。

爱抽烟的人通常会有口臭,这是因为抽烟会刺激口腔黏膜,使得原本就有的口腔发炎现象更加严重(注:爱抽烟的人多半都会有口腔发炎的情形),产生像食物腐烂般的酸味,此时如果再抽上一口烟,那么,口臭加上烟臭的味道,就更令人皱眉了。

爱喝酒的人也要注意啦,由于酒是湿、热的食物,会让火气更大,当出现便秘的情形时,口臭也就跟着来了。如果你是经常便秘的人,也要想方法让便便通畅,避免口臭的发生。

最后,甜食也不要吃太多。因为甜食吃多了,会让火气加重,口中的酸臭味也会更加明显喔!

让口臭出局,这样吃喝就对了!

很多人发现自己有口臭时,就会赶紧嚼1片超凉无糖口香糖,或是含1块有薄荷成分的喉糖来改善,究竟有没有效呢?

答案是有的,因为薄荷成分对于改善口气有一定的效果。此外,像香菜或芹菜汁+橘子汁,或是嚼柠檬皮都有治疗口臭的作用。

喝茶对于消除口臭也有一定的效果,尤其是茉莉花茶、菊花茶的效果更好。

自从SARS之后,很多人为了杀菌,都会吃大蒜。问题是大蒜一吃满嘴臭,实在很不雅,到底要怎么样来消除大蒜所引起的口臭呢?很简单,只要将一撮干茶叶放进口中咀嚼,就能减轻令人皱眉掩鼻的蒜味!

去除口臭秘方大公开

萝卜薄荷水 喝了会降火气哟

◆材料　萝卜37.5克,薄荷6克。

◆做法

1.萝卜切块,备用。

2.锅中注水,水开后放入萝卜改中火煮,水再滚后即可熄火。

3.杯中放入薄荷,将热热的萝卜水冲入薄荷中,放凉即可饮用。

◆功效　清热、理气,让火气减轻。

莲藕绿豆浓汤 便秘+嘴破都有效

◆材料　干藕节10克,绿豆20克。

◆做法　锅中注入600毫升的水,放入藕节和绿豆先以大火煮,水开后,改小火续煮30分钟即可。感觉汤太浓的人,将水加到1 000毫升也可以。

◆功效　不但有清热、解毒功用,对于排便不顺畅、便秘、大便时痔疮出血,或是因为火气大使嘴破的人,也有一定的效果。

注:夏天的时候也可以采用新鲜莲藕来煮喔!(若采用新鲜莲藕,约需150克的分量。)

自制去口臭漱口水 藿香佩兰水

◆材料 藿香、佩兰各4克。

◆做法 将藿香和佩兰泡在一大杯热水中15分钟后,即可取用。

◆服法 这杯藿香佩兰水可以饮用,也可以用来漱口,看个人喜好啰!

◆功效 不久后就要与重要人士谈话吗? 这杯藿香佩兰水去口臭的效果,要比你所知道的一些漱口水好喔!

治疗火气大+嘴巴破 竹叶除烦口疮茶

◆材料 淡竹叶、连翘各5克,知母、甘草各3克,绿茶2克。

◆做法 将上述材料捣碎,置于杯中,再倒入500毫升的沸水,盖上杯盖,静置15~20分钟即可饮用。

◆服法 早、晚各饮用1次。共喝7天。

◆功效 对于每天都要说很多话,导致心烦火气大、嘴巴破、易口渴的人有降火气的效果。

凉拌苦瓜 小菜也可以除口臭

◆**材料** 苦瓜1条,酱油适量。
◆**做法** 苦瓜切片后用水煮熟,加入酱油拌匀即可食用。

消除狐臭有方法

进入青春期后,有些人因为腋下的大汗腺特别发达,在流汗的时候,就会出现狐臭的情形。如果你有狐臭,千万不要期望用香水来止臭,狐臭不会因为洒上香水而消失,反而会更加难闻,出现双重臭味。

不管是男生还是女生,狐臭的异味很容易影响交友。坊间一些喷剂如克异香,采用的是"制汗剂"的方式,在短时间内有效,但须时时使用。

其他疗法如电烧、汗腺切除术有很多人使用,电烧的效果好,但也很容易复发。汗腺切除术虽然可以一劳永逸,但因为大汗腺位于皮肤深层、接近手臂神经的地方,如果一不小心伤到神经,会造成手臂麻痹的情形。此外,若是手术水平不高,没有将大汗腺完全割掉,那么还是会有狐臭产生。

有狐臭的人除了要避免做剧烈运动以减少流汗以外,在衣着上多穿通风、易吸汗的衣服,保持身体的干爽,也可以减少狐臭的发生。

这些食物可以减轻狐臭喔!

由于狐臭是毛孔在代谢汗水时产生的,所以,如果可以让汗水从别的管道代谢出去,而当腋窝不需要大量排汗时,当然也就可以减轻狐臭了。

从中医的观点来看,有狐臭的人不妨多吃一些利尿的食物,让来不及排出、等着要从腋下排出的汗,早一步先从尿水中排出来;加速排便的速度,让细菌更快地离开身体。像是西瓜、冬瓜、橘子、白菜等都是减轻狐臭的好食物,而如果可以配合多喝开水,会让排汗效果更好。

身体的细菌多,经过汗腺时也容易发出臭味,所以我也会建议有狐臭的人平日就多喝优酸乳、乳酸菌饮料。因为这些饮料中的乳酸菌可以抑制体内细菌的生长,当然也就减少了细菌经过汗腺从皮肤排出体外的概率啰!

这些食物会让你狐臭更严重,少吃为妙喔!

"李医师,我干脆多吃蒜头好了,因为蒜头最容易杀菌。"有一次,一位病友这样告诉我。

如果你也和这位病友一样,认为吃蒜头可以杀菌,进而抑制狐臭而蒜不离口的话,那就错了。蒜头中的硫化物虽然会干扰细菌的生长,但同时这些臭臭的硫化物也会从汗腺排出,所以还是少吃一点较好。

其他像炒花生、干果类油脂较多的食物,以及油炸物、辛辣刺激类的食物也不能多吃,因为这些食物会难以消化,易在体内滋生细菌,让狐臭味道更重。

红肉如猪肉、羊肉、牛肉的蛋白质含量较高,也是细菌的最爱,有狐臭的人还是少吃一点较好。

减缓狐臭秘方大公开

抑臭冰片敷 减少汗水分泌

◆材料　冰片37.5克(中药房有售),药用酒精(西药房有售)。

◆做法

1.将药用酒精以生理盐水或蒸馏水稀释至50%。

2.将冰片放入20毫升已稀释的酒精中,密闭10天,让冰片完全溶解。

3.使用前先将腋窝洗净、擦干,并用冰片酒精涂在腋窝,1天2次。

注:冰片有收缩的作用,相对地也可以减少汗液的分泌,减轻狐臭。

抑臭茄汁敷 狐臭味变淡了

◆材料　番茄汁500毫升。

◆做法　取两条毛巾浸在番茄汁中,当洗完澡擦干腋窝后,将番茄汁毛巾夹在两边腋下,15分钟后再洗净,每周2次即可。

第5课

斑斑痘痘不再是烦恼

"医生,我的脸上开始长斑了,怎么办?"

"奇怪,我已经30岁了,怎么还会长痘痘?"

在门诊中,经常可以看到女性朋友为了斑、痘的问题来寻求治疗。加上近年来,各种美白、淡斑的广告如雨后春笋般地出现,前来要求"淡斑、治斑"的人变得更多了。

在本课中,我不但会告诉大家关于斑、痘的基本常识,还会提供许多方式来治斑抗痘。爱美人士可以选择吃的、敷的以及按摩、刮痧的方式来进行,让你不再饱受斑、痘之苦。

认识斑斑点点

每次到了夏天,斑的问题也就跟着出现,很多女性朋友都会跑来问我:"李医师,你看我脸上多了好多斑,怎么办?""斑能消吗?""我长的到底是哪一种斑?"

首先,让我们先来辨认各种不同的斑。

黑斑是一种色素沉淀的斑,你所看到的黑色、咖啡色、褐色等斑点,都统称为黑斑。黄褐斑、雀斑都是黑斑的一种。黄褐斑又叫做肝斑。老人斑则是机体老化时出现的色素沉淀现象。

黄褐斑

黄褐斑在女性身上较易出现,它最常生长的地点是脸的两颊,一般以对称的方式出现。由于它的颜色像肝的颜色,所以又被称为肝斑(这跟肝的功能好坏是没有关系的)。其他位置像乳头、肛门、生殖系统也会看到。

为什么会有黄褐斑呢?虽然到目前为止还没有正确的答案,但是在很多怀孕妇女身上会发现黄褐斑特别严重(但是生产后会慢慢消退),而有些女性在月经前也会出现黄褐斑特别多的情形,所以专家推测黄褐斑应该与女性的内分泌有关系。

减少雀斑,防晒超重要

雀斑的斑点较黄褐斑小,但是会成群出现,一聚集就是数十点,甚至数百点很密集地分布。

雀斑有可能来自遗传,也可能来自晒太阳,尤其是肤色较浅的青少年,更易因为晒太阳而长雀斑。除了脸上外,鼻子、手臂、肩膀也会长雀斑。

虽然雀斑不会造成皮肤病变,也不会恶化,却会影响美观。有雀斑的人除了尽量少晒太阳之外,平日也要做好防晒。

老人斑不单是老人家的"专利"

皮肤经过经年累月的风吹日晒后,因受到刺激造成色素沉淀的现象,称为老人斑。

并不是只有老人才会长老人斑,有些体质较不好的人,甚至从三四十岁开始,就会出现老人斑,像脸部、前臂、手臂、小腿都会出现。老人斑的形状和大小虽然不一致,但由于它发生在皮肤的角质层,采用激光治疗就有很好的疗效。

另外,老人家会因为色素减退而出现白斑,也因此脸上、四肢、胸背都会有白斑。白斑虽然难看,却不会影响到健康。但如果白斑太大块,成为白癣,就是一种免疫系统被破坏或黑色素细胞被破坏所引起的疾病,此时就必须找医生诊治了!

避免黑斑发生有方法

紫外线对于黑斑、黄褐斑都有诱发作用,如果不希望脸上的斑越来越多,就要做好防晒的准备。

在饮食方面,平日除了多补充维生素C之外,蔬菜、水果也不能拒吃。千万不要搽一些来路不明的美白保养品,因为有些美白保养品虽然超级有效,其中却可能掺了汞,对于身体的伤害更大。

如果你是外表看起来白嫩的水肥型美眉,平常感觉白带分泌较多,大便也不顺,应少吃生冷、冰凉、肥腻、太咸的食物,冬天的时候可以加一些温补配料(如九层塔*),则可以减少黑斑的产生。临床上发现,水肥型黑斑美眉如果以艾草来灸三阴交或丰隆穴,效果也很不错。

---

*"九层塔"为唇形科植物罗勒的1年生草本植物,其花呈多层塔状,故称为"九层塔",又叫罗勒、金不换、圣约瑟夫草、甜罗勒等。

PART 2
变美篇

三阴交

丰隆

●穴位轻松找

三阴交——从脚踝内侧往上约4个指头的宽度,在骨骼的后侧,按压时会有点儿疼痛感处,即为三阴交。

丰隆穴——丰隆穴就在脚踝外侧往上约4个指头的高度,稍微用力地压一下,若有一种沉重的感觉,即是丰隆穴。

松果体有助于美白

想靠饮食来防治斑点吗?那么就吃吃刺激松果体的食物吧!

松果体中有褪黑激素,过去常被用来作为抗时差的药物。其实在玉米、燕麦、小黄瓜、香蕉中都有很多的褪黑激素喔!

维生素可以避免黑色素沉淀

维生素A、维生素E不但可以抗神经细胞的老化,又能够破坏自由基的活性,还可以促进血液循环、调节激素的分泌,并抑制皮肤衰老的过程。所以,日常生活中从食物里补充维生素A、维生素E(如芦笋、胡萝卜、地瓜、番茄、花椰菜、柚子、大枣、橘子、醋),对于爱美的人来说有一定的效果,尤其是维生素E本身就是一种抗老化剂,对于黑色素沉淀也非常有帮助。

除了维生素A、维生素E外，维生素B_6也有去除斑痕的作用。在食物中像瘦肉、鸡肉、鲑鱼、小麦胚芽、酵母、蛋黄、花生、大豆都具有丰富的维生素B_6。而维生素E群+维生素C可以避免斑点的产生，也有加速淡化斑点的效果。

β胡萝卜素会让体内的SOD(一种抗氧化食品)增加，这么一来皱纹就比较不容易爬上身，还能让黄褐斑、黑斑较不容易沉淀。β胡萝卜素除了存在于胡萝卜及许多蔬果中外，坊间所卖的综合蔬果汁，都含有β胡萝卜素。

另外，含有很多核酸的食物可以抑制黑色素沉淀，防止黄褐斑发生，让皮肤看起来光泽细致，如鱼、虾、动物内脏、啤酒酵母、白木耳、花粉等都有如此功效。

酸性食物是黑斑的大敌

由于酸性食物有收敛作用，养颜美容的时候千万不要食用山楂、乌梅、梅子等。如果有人想要靠喝醋来养颜美容，当然也很难收效，用醋腌制的食物、加了醋的菜也不行。(注：醋到了体内代谢后虽然会转变成碱性，但它以嘴巴尝的时候是酸性，所以说醋也是黑斑的大敌。)

除了酸性食物外，姜、葱、蒜、辣椒等辛辣食物也是造成斑不易消除的原因。

抗氧化的食物，让你晚点儿变老

现在很流行抗氧化，爱美怕老的女性对于含有SOD的健康食品都趋之若鹜，希望青春常驻，其实，有些食物也含有丰富的SOD喔，而且一点儿也不贵！

究竟哪些食物富含令人可以慢点儿变老的SOD呢？

答案是枸杞、桑葚和红枣。更棒的是，这些食物就算煮过了，SOD也不会被破坏掉喔，想要抗老化的人，绝对不能错过。

✱ 医师叮咛

怀孕时长黑斑，该怎么办?

有些孕妇在怀孕期间较易长黑斑，此时不妨从饮食中摄取含有硒、镁之类微量元素的食物，像绿茶和芝麻、蛋类、蘑菇、芦笋、冬菇、核桃，对于孕期所长的黑斑有着很好的治疗效果。此外，充足的水分也是孕妇不能忽略的美肤元素喔!

告别斑点诀窍大公开

去除黄褐斑按摩法

黄褐斑是女性最讨厌的一种斑点，虽然它有时候不成形，但最常出现如蝴蝶翅膀图形的黄褐斑，让人都失去照相的兴致了。

希望黄褐斑不要那么明显吗? 那么就来按摩脸部吧!

●按哪里?

不必管穴位，只要按摩黄褐斑生长的地方即可。

●按摩方式

1.将双手手心互搓，直到手心发热为止。

2.将发热的手心贴在黄褐斑处，上下按擦，直到皮肤也热热的。

3.以双手的食指、中指及无名指的指腹按摩脸部，顺序是由下往上，从下巴—唇边—鼻—颧骨—眼—眉—额头的方向进行按摩，约做5次。

4.同样以双手的食指、中指及无名指的指腹按摩脸部,顺序是由上往下,从额头—眉—眼—颧骨—鼻—唇—下巴的方向按摩。

5.如果有抬头纹和鱼尾纹,在皱纹处加点儿力,平推纹路5次。

6.以手心再度摩擦黄褐斑处,时间为2~3分钟。

●按摩效果

这套按摩法可以让脸部的气血循环更好,持续地做,你将会发现脸部越来越有好气色,不仅如此,连黄褐斑也变淡了。

✳ 医师叮咛

在进行按摩前,请先将脸洗干净,以按摩霜或脸霜来进行按摩。

除斑药膳大公开

去斑茶 *淡化你的黑斑、肝斑*

◆材料　当归、山楂各8克，白藓皮、白蒺藜各约6克。

◆做法　将上述药材洗净后，以250毫升的沸水浸泡15~20分钟即可饮用。

◆服法　每日1次，连续饮2周后，休息1周，再继续饮用。

◆功效　此茶有养血调肝、解郁化痰的功用，对于有黑斑或肝斑的朋友们会有一定的淡斑效果。

杏桂饮 *护肤祛斑顺带乌黑秀发*

◆材料　杏仁12克，桂花6克，冰糖少许。

◆做法　将杏仁打碎后置于锅中加水煮15分钟，再加入桂花煮10分钟，去渣后加入冰糖调味，即可饮用。

◆服法　每天1杯，可以连续饮用1~2周。

◆功效　此饮不但可滋养皮肤，还有祛斑效果，更能让头发保持乌黑！

不但祛斑,还能美白 白果菊梨牛奶汤

◆材料　白果30克,白菊花4朵,水梨4个,蜂蜜少许,牛奶适量。

◆做法

1.白果去膜,白菊花洗净,水梨削皮、去核、切片。

2.锅中注水适量,将白果及水梨放入,以大火煮沸后,再以

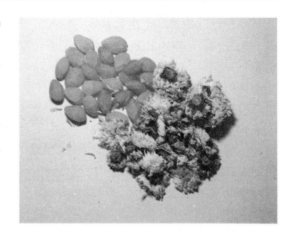

小火将白果煮至软,再加入菊花、牛奶继续煮至沸即可熄火,待温度降低时再加入蜂蜜调味即可。

◆功效　这道香浓的汤品不但可以祛斑美颜,还能让肤色看起来白皙,因为够滋润,肤质也会更加水嫩喔!

＊ 医师叮咛

如果你是肠胃容易胀气、大便稀又易泻的人,不建议食用这道汤品。

鸡肉汤 治黑斑+黑眼圈

◆材料 川芎、红花各约4克，当归、黄芪各约10克，鸡肉适量。

◆做法 在锅中放入当归、川芎、红花、黄芪和4碗水，先以大火煮至水滚，然后以小火煮30分钟，将药材捞起留下汤汁后，再加入鸡肉续煮即可。

◆服法 当菜汤吃，每周吃2~3次。

◆功效 此道鸡肉汤有补血、理气、化瘀的作用，不但可淡斑，对淡化黑眼圈也有帮助。

黑斑在颧骨或眼睛四周，刮痧、按摩有效喔！

针对长在颧骨或眼睛周围的黑斑(黄褐斑)，采用刮痧的方式治疗也有一定的效果。

●刮哪里?

刮痧的位置为背部三角肌的部分，以大椎为顶点，两侧的肺俞当做等腰三角形的底部，每5天刮1回(左、右各20下为1回)，以5回为1个疗程。方法:右手拿刮痧棒，从左下方的肺俞开始，往大椎的方向刮20下;再以左手拿刮痧棒，从右下方的肺俞开始，往大椎的方向刮20下。

大椎——请将头稍往前倾，会发现在后颈与后背部的交接处有一块突出来的脊椎骨，在此块骨头的下方，有一个凹陷处，就是大椎。

　　肺俞——肺俞位于背部的膀胱经上。请平趴于床上,双手与身体贴,可拿一条线从腋窝处绕起,此条线与膀胱经交叉的地方,就是肺俞。

　　*膀胱经的找法:以脊椎为中线,脊椎左右约3指宽的位置,就是膀胱经。

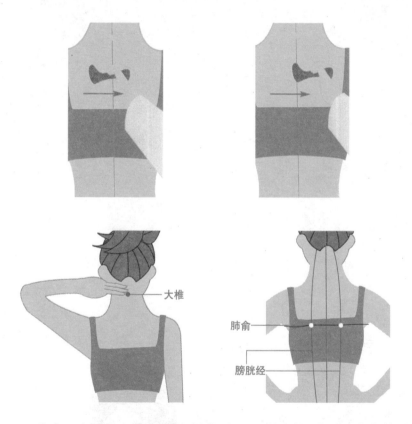

大椎

肺俞

膀胱经

　　临床上发现很多颧骨或眼睛周围长黑斑的女性,在月经来临前黑斑会更加严重,或是出现特别容易生气、胸部胀痛等经前综合征,中医称之为肝郁型。如果你也有这种症状,不妨试试刮痧吧!

✳ 医师叮咛

　　在刮痧的时候，请千万牢记不要上下来回刮，这样子刮再多次都是没有效果的。

　　许多病人以为刮痧要刮到瘀血，其实，只需要刮到皮肤红红的就可以停止。坊间传说的刮到瘀血、见紫或是越红越好都是错误的说法。

　　刮痧后一定要马上喝300毫升的水，这样会使刮痧的效果最好。

　　另外，刮痧前请先抹上有助于刮痧的材料。其中以刮痧油的效果最好，万金油也行。若你喜欢婴儿油的味道也可以，但其效果没有前者好。

●按哪里

　　不想刮痧的人，也可以采用按摩脸部的太阳穴、颧髎穴、下关穴的方法喔！

●按摩穴位轻松找

　　太阳穴——请将手指放在眉尾与眼尾间，再将指头略往发际方向移动，会发现有一凹处，这就是太阳穴。

　　颧髎穴——从眼尾往下拉，与颧骨的交叉点就是颧髎穴。

　　下关穴——请将嘴巴张开，会看到下颊有凹处，这就是

太阳穴

下关穴

颧髎穴

下关穴。

●按摩方式

每一个穴位各按摩20次,先按摩太阳穴,再按摩颧髎穴,最后按摩下关穴。

✳ 医师叮咛

淘米水也可以美白

虽然经济不景气、勤俭是美德,但脸还是不能不顾。希望用最便宜的方式美白吗?那么就用淘米水吧!

米含有丰富的维生素,所以具美白功用。同样是淘米水,糙米水的效果又比白米水来得更好,要提醒大家的是,虽然淘米水具有美白效果,但是必须每日使用,虽然它和贵贵的左旋维生素C比起来效果较慢,却非常经济实惠。

使用淘米水之前,同样要先将脸洗净,然后再用淘米水按摩脸部,按摩后记得要再用清水将淘米水冲干净喔!

再也不想"痘"留脸上

青春痘,请离开!

造成青春痘的原因如下:

遗传

如果你的父母或兄姊都是痘痘族的一员,那么,你长青春痘的概率也会比较高。

皮脂腺的分泌较旺盛

由于雄性激素会刺激皮肤的毛囊皮脂腺,使皮脂腺的活动力增加,所以,在脸、胸部、背部这些皮脂分泌较多的地方,就容易长青春痘。

临床上,我们看到青春痘严重者中,以女性居多。看到这里,你会不会感到很奇怪——明明是雄性激素会刺激皮脂腺活动,为什么痘痘族却以女性居多呢?

虽然女性的雄性激素会比较低,但因为女性对于雄性激素非常敏感,当雄性激素和雌性激素不平衡的时候,就会导致皮脂腺产生非常重大的变化,刺激皮脂腺活动力增加,痘痘也就一颗颗地冒出来了。

内分泌的影响

有些女性对于激素的改变较敏感,当怀孕、生理期前后就容易长青春痘。

细菌感染

有些青春痘是细菌感染引起的,像痤疮杆菌和流行性葡萄球菌,较易导致毛囊发炎而长出一颗颗的痘痘。

食物

油炸物与甜食、刺激性食物都可能会诱发痘痘向人们招手,尤其是燥热型或阴虚体质的人,只要吃吃麻辣火锅或泡菜,痘痘隔天就会来报到。

气候

高温、湿热的环境会让毛囊出口被阻塞、痘情恶化，所以在夏天更要清洁脸部。

情绪

不安、紧张、压力大、生活作息不正常的时候，也会引起青春痘的发生或恶化。

口服药物

口服避孕药、含类固醇的药物，也会诱发青春痘。

不当的保养品或化妆品

当你使用与肤质不合的保养品、化妆品时，毛囊就容易被阻塞，痘痘也就跟着长出来了。

不理白头粉刺，小心变成大脓疱

当皮脂无法顺利排出、堵在毛囊口的时候，就会形成粉刺。

有些粉刺会冒出来，与空气接触氧化后变黑，被称为黑头粉刺；至于冒不出来的粉刺就是白头粉刺。黑头粉刺虽然不好看，但对皮肤不会有什么健康上的妨碍；白头粉刺就不能不管，因为白头粉刺的开口被堵住、冒不出来，而皮脂又持续分泌时，阻塞到最后，就会变成红红的面疱。

看到面疱，要人闲着不挤它也难。挤着挤着，面疱就出现了一个小破洞，此时细菌趁机进入，形成了脓疱，接着就会变成硬硬的囊肿。如果没有妥善处理，这个小小的白头粉刺就会成为一个不小的痘痕甚至凹洞。所以，当脸上出现白头粉刺时，就要留意它的发展。如果痘情严重，大便也解得不干净或便秘，最好别按摩脸部，以免细菌感染。

脸上痘痘多，如何调控

遇到感染严重、脓疱、会留下凹痕的痘痘时，西医的处理方式是使用红霉素、四环素等含有抗生素的药剂来治疗，中医则建议从饮食方面来调控。

你的脸上已经冒出青春痘了吗？此时请不要再吃高脂类的食物，以免身体更燥热，像猪油、肥肉、猪肝、猪心、鸡蛋等，都要尽量避免；像羊肉、狗肉等属于温热性的肉类或容易上火的食物(如辛辣调味料)及易上火的补品也不宜食用。

此外，较腥的食物如鳗鱼、虾、蟹、白带鱼等，会造成皮脂腺慢性发炎，延长痘痘痊愈的时间。

女孩子很喜欢的高糖分食物，会使新陈代谢更旺盛，加强皮脂腺的分泌。除非你想要痘痘如"野火烧不尽，春风吹又生"，否则，像甜甜圈、蛋糕、巧克力、冰淇淋等食物，请断然戒绝。

至于生理期会长痘痘的女性，食疗的效果不大，建议在生理期前请医生开药方。

很多女性在怀孕期间，也有痘痘变多的问题，我的建议是多抹点抗痘粉吧！(抗痘粉的做法请看第107页)

消灭痘、疤、疮，饮食有效

绿豆薏米稀饭 适合有痘痘、没便秘的人食用

◆材料　绿豆20克，薏米50克。

◆做法　将绿豆和薏米及适量的水共同放入电饭锅中煮成稀饭。

◆服法　每日早、晚各吃1次。

◆功效　由于痘痘族的火气较大，在清火气的同时也要利水，让燥热之气随着小便排出。这不但可让痘痘渐消，还会给你水水的肌肤。

适合有痘痘+便秘的人食用 *枇杷叶石膏粥*

◆**材料**　枇杷叶10克，菊花6克，生石膏15克（中药行均有售），米50克。

◆**做法**　将枇杷叶、菊花、生石膏和3碗水放入锅中，先以大火煮滚，然后以小火煮20分钟，将药材捞起留下汤汁后，放入白米续煮成稀饭。

◆**服法**　每日吃1份即可。

◆**功效**　对于消除体内肺部、胃部的燥热及便便通畅有一定的帮助。有些痘痘族有便秘现象，光靠绿豆、薏米恐怕还不够有力，所以在食疗方面建议以凉血通大便的枇杷叶石膏粥为主。

粉刺型痘痘，走开 *绿豆百合汤*

◆**材料**　绿豆、干百合各150克，冰糖少许。

◆**做法**　将绿豆及干百合洗净，加水2 000毫升，以大火煮开，水滚后再以小火煮50分钟，再加入冰糖调味即可食用。

◆**服用**　每日2次，每次1碗。

◆**功效**　这道汤品不但好喝，还能治疗粉刺型痘痘喔，想不到吧！

海带绿豆杏仁汤 *消除痘疤坑洞，这个有效*

◆材料　海带15克，绿豆10克，甜杏仁9克（中药房有售），玫瑰花3朵（必须是中药行贩卖的干燥玫瑰花），红糖适量。

◆做法　将海带、绿豆、甜杏仁、玫瑰花和3碗水放入锅中，先以大火煮滚，然后以小火煮15分钟，并放入红糖搅匀后熄火。

◆服法　喝汤即可，1个星期喝3次。

◆功效　此汤有化瘀、散结的作用，对于脸上坑疤多、硬肿痘痘有一定的效果。如果你的脸上不但长了痘痘，连痘疤、坑洞都出现了，就请试试这道汤吧。

夏枯草粥 *痘硬、脓疱、便秘的救星*

◆材料　夏枯草20克，米50克，蜂蜜适量。

◆做法　将夏枯草和3碗水放入锅中，先以大火煮滚，再以小火煮30分钟，将夏枯草捞出丢掉，然后放入白米煮成粥，食用前再加入少许蜂蜜调味。（请记住，蜂蜜不能放入锅中煮，否则对身体不好喔。）

◆ 服法　1星期喝2~3次即可。

◆ 功效　有凉血、通便的作用。

✳ 医师叮咛

没有便秘的人，请勿吃此粥喔！

灭暗疮粉刺、养颜通便圣品 **甘梨牛奶**

◆ 材料　甘蔗汁50毫升,梨子汁50毫升,低脂牛奶50毫升,蜂蜜适量。

◆ 做法　将甘蔗汁、梨子汁、低脂牛奶煮沸放凉,加入适量蜂蜜调味即可。

◆ 服法　每天1杯,连续1周。

◆ 功效　对于皮肤干燥、易长粉刺、脸上有暗疮(请用手摸摸脸上的皮肤,如感觉到一粒一粒的、冒不出来的小痘粒,都称为暗疮)的人,有一定的效果;甘蔗汁+梨子汁+牛奶有润滑肠道的功能,是一道养颜通便的圣品。

✳ 医师叮咛

1.蜂蜜遇热后会变质,吃了对身体不好。

2.平日易腹泻、肠胃容易胀气的人,不建议饮用甘梨牛奶喔！

杏仁玉米糊 专攻结节型、小囊肿痘痘

◆材料　甜杏仁粉30克,荸荠150克,玉米粒50克,冰糖少许。

◆做法　将荸荠与玉米粒加水煮熟,再加入甜杏仁粉搅拌均匀后,以冰糖调味即可。

◆服法　当点心吃,1周3~4次。

◆功效　杏仁玉米糊除了有清热化痰、润肠通便的效果外,针对脸上长了结节型或小囊肿型痘痘的人,也有一定的功用喔!

马鱼丝瓜汤 专攻结节型、小囊肿痘痘

◆材料　马齿苋、鱼腥草各37.5克,丝瓜225克。

◆做法　将马齿苋及鱼腥草洗净,丝瓜不去皮洗净后切片,加水1 000毫升,先以大火煮沸,再转小火煮40分钟即可饮用。

◆服法　每周吃2~3次。

◆功效　这道汤品有清热解毒、化瘀散结的功能,有结节型及囊肿型痘痘的人,一定要试试!

痤疮人士的福音 荷叶冬瓜汤

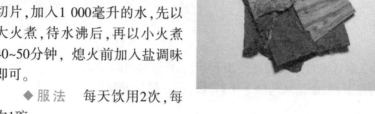

◆材料 干荷叶1张,冬瓜500克,盐少许。

◆做法 将荷叶剪碎、冬瓜切片,加入1 000毫升的水,先以大火煮,待水沸后,再以小火煮40~50分钟,熄火前加入盐调味即可。

◆服法 每天饮用2次,每次1碗。

◆功效 这盅汤品对于一般型的痤疮有治疗的效果。

对于红肿化脓型的痘痘,可使用抗痘粉来治疗 抗痘粉

◆材料 黄芩、大黄、硫黄粉、珍珠粉各等量。

◆做法 将上述的材料混合均匀后,加入适量的水拌匀。

◆用法 将做好的抗痘粉抹于痘痘处,30分钟后洗净,1天1次即可。

去痘刮痧法

刮痧,也可以让痘痘消除,顺序如下:

1.刮脊椎——从颈椎到腰部,刮15~20下。

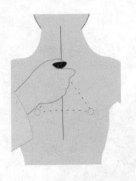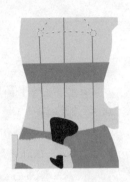

2.刮脊椎左侧的膀胱经20下,再刮脊椎右侧的膀胱经20下,不要从肩膀往下刮,而是从与腋下平行处的膀胱经位置刮起。

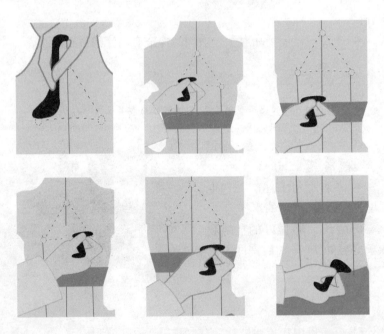

*膀胱经的找法:以脊椎为中线,脊椎左右约3指宽的位置,就是膀胱经。

膀胱经

3.刮肺俞20次——肺俞位于背部的膀胱经上。请平趴于床上,双手与身体贴,拿一条线从腋窝处绕起,此线与膀胱经交叉的地方,就是肺俞。

肺俞

4. 刮大肠俞20次——大肠俞位于背部的膀胱经上。请用一条线绕着腰骨,绕到背部与膀胱经交叉的地方就是大肠俞。

就治疗青春痘来说，以4~8回为1个疗程，每个疗程之间要停留7~10天,刮痧治疗对粉刺最有效。但如果是脓疱、硬肿痘痘,就需要更多的配套治疗。

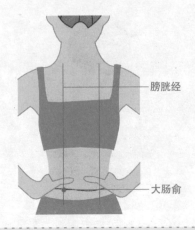

膀胱经

大肠俞

✳ 医师叮咛

在刮痧的时候,请千万牢记不要上下来回刮,这样子刮再多次都是没有效果的。

许多病人都以为刮痧要刮到瘀血,其实,只需要刮到皮肤红红的就可以停止。坊间传说的刮到瘀血、见紫或是越红越好都是错误的说法。

刮痧后一定要马上喝300毫升的水,这样会使刮痧的效果最好。

记得喔,当上一回刮痧的红肿消失后,才可以再次刮痧。

另外,刮痧前请先抹上有助于刮痧的材料,其中以刮痧油的效果最好,万金油也行。若你喜欢婴儿油的味道也可以,但其效果没有前者好。

去除粉刺按摩法

看到毛细孔上有着一点一点的粉刺,你感到心烦吗？不想再靠刺激性强的贴布来将粉刺拔除吗？这还有一招——用按摩脸部穴位的方式让粉刺减少出现。

●按哪里？

以脸部的8个穴位——太阳穴、印堂穴、阳白穴、四白穴、听宫穴、下关穴、承浆穴及颊车穴为主。

●按摩穴位轻松找

太阳穴——请将手指放在眉尾与眼尾间，再将指头略往发际方向移动，会发现有一凹处，这就是太阳穴。

印堂穴——位于双眉的中间。

阳白穴——位于眉中央往上1个大拇指宽处。

四白穴——在瞳孔中间下方约1个大拇指宽的凹处就是四白穴。

听宫穴——位于耳屏前的凹陷处，用指头往下重压，耳朵内会有发出响声的感觉。

下关穴——只要将嘴巴打开，双颊凹下去的地方就是下关穴。

承浆穴——位于下唇下方的凹陷处。

颊车穴——在脸的侧方，可顺着耳垂往下，与下颌骨转角处的交接点即为颊车穴。

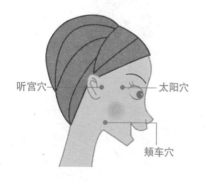

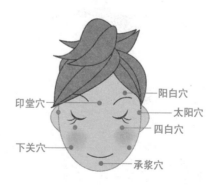

●按摩方式

1.将食指指腹放在听宫穴上,连续揉1分钟。
2.将食指移至印堂穴,同样以指腹揉1分钟。
3.双手食指放在阳白穴上,以指腹揉1分钟。
4.将一手的食指放在承浆穴上,一按一放此穴位14次。

1

2

3

4

5.拇指放在太阳穴上,以指腹揉1分钟。

6.食指放在四白穴上,以指腹揉1分钟。

7.拇指放在下关穴上,以指腹揉此穴1分钟。

8.将拇指放在颊车穴上,揉1分钟。

5

6

7

8

●按摩效果

这8个穴位分布在脸上各区，按揉这些穴位，不但可以让脸色变好，还能消除脸部浮肿，并有预防、治疗粉刺的效果喔！

8个穴位看似很多，熟悉了之后一点儿也不复杂。保持你的耐心，把变美当目标,加油！

第**6**.课

第

想要更年轻，
吃喝抹敷都有效

你曾经有过"一不敷脸就恢复黑黄脸色"
的困扰吗？

其实，想要变美，不仅靠外在，还要内外兼
顾，才能自然又持久。

还记得第5课中是如何教大家抗斑抗痘的
吗？接下来，我将进一步告诉读者朋友们许多让
肤质更优的方法。除了从饮食来调整，让你更美
之外，也会教大家如何做出简单、天然、低过敏
的面膜，以及让皱纹慢点儿出现的方法。

此外，想要有苹果脸的女性，更不能错过本
课中所提供的苹果脸小秘诀喔！

6个秘诀,再造苹果脸!

虽说"一白遮百丑",但是,若美眉们的脸色看起来苍白或惨白,那就太没精神了。不论你的肤色是苍白还是偏黄,只要你希望拥有苹果般的脸色,都可以参考下面的苹果脸秘诀。

苹果脸秘诀1▶起床就有精神

1.将两手的手心互相摩擦到温热。

2.将温热的手心贴在额头上,轻轻按摩脸部、额头。

印堂穴、颧髎穴须加强。(请于眼尾往下拉一直线,与颧骨交叉处就是颧髎穴。)

每天早上起床前、晚上睡觉前都可以这样按摩,最少不少于14次,如果能够按摩27次最好。你将发现,每天早晨起床照镜子时,整个人看起来更有精神了。

印堂穴

颧髎穴 —   — 颧髎穴

苹果脸秘诀2▶让皮肤红润润

1.将两手的手心互相摩擦到温热。

2.将温热的食指贴在鼻子两侧,并上下来回按摩,让颧骨发红、发热,促进局部血液循环。

这个动作非常简单,看电视、搭车时都可以做喔!

苹果脸秘诀3▶增加皮肤弹性

1.将两手的四指并拢。

2.用四指的指腹按摩额头、眼睛周围、鼻子两侧、两颊、下巴。

3.轻轻拍打两颊1~2分钟。

虽然拍打两颊可以让脸部肌肤受到刺激,促使血液循环加快,让肌肤不至于太快松弛老化,但也不能拍得太用力,以免皮肤受伤喔!

苹果脸秘诀4▶从脸美到眼

1.将双手互相搓至手心发热,再以手心轻轻地按摩脸颊1分钟。

2.以口呼出热气于双手手心后,将手心覆于双眼,接着按摩至双颊,连续做30次。

这个动作可让你从脸颊美到眼睛,尤其是当使用电脑或看电视太久后做一做,还可以使眼部紧张的肌肉放松呢!

苹果脸秘诀5▶赶走青紫唇色

1.将双手四指并拢,大拇指放于双颊,采取"右手在上、左手在下"的方式固定,以右手食指按摩上嘴唇。

2.以左手按摩下嘴唇。

3.双手并用,同时按摩上、下唇。如此"按上唇、按下唇、双唇齐按"为1组,共做20组。

4.用掌心按嘴唇、双颊、眼际的顺序按摩1分钟。

这个按摩法不但可以按摩到脸,还能让原本青紫暗沉的唇色变得红润。别忘了,嘴唇也是脸上的一部分,当然不能忽略啰!

苹果脸秘诀6▶脸蛋看起来变小了

针对浮肿脸的女性,这里有一个简单的穴位按摩方法可消除你的凸饼脸,让你的脸看起来比以前小。

●按哪里?

只需要按摩四白穴及翳风穴两个穴位即可。
- 四白穴很好找,就在瞳孔中间下方约1个大拇指宽的凹处。
- 翳风穴就在耳垂后面的凹陷处。

四白穴

翳风穴

●按摩方式

1.以食指的指腹按摩四白穴1分钟。
2.以食指的指腹按摩翳风穴1分钟。
3.以小指下方的掌缘上下摩擦翳风穴1分钟。
4.将双手手掌互搓至热,以手心按摩脸颊。

●按摩效果

让气血循环更畅通,在消肿的同时,脸也会变红润喔!

＊医师叮咛

　　在按摩的时候，力度不能太轻也不能太重，以按下去时穴位有感觉最好。

这样做，可以让皱纹晚点儿出现喔！

　　现代人的压力大、易失眠，又经常在冷气房工作，因此对于皮肤的伤害是非常大的，皱纹也在皮肤缺水的日子中不知不觉地出现。

　　怎么办？其实，还是有办法可以让皱纹慢点儿出现喔！

　　首先，蛋白质是维持人体建筑的材料，可让皮下的肌肉富有弹性又结实，具有防止皮肤松弛老化的作用。食物中像瘦肉、鱼肉、牛奶、豆浆等，都含有丰富的蛋白质，当然也可以延缓皱纹的发生。

　　如果你经常在冷气房工作，皮肤因长期缺水显得干干皱皱，不妨多吃富含胶原蛋白的食物，像鸡爪、猪脚、海参、猪皮、鲑鱼头、鱼翅，都会让皮肤保持细致又水嫩。

　　不过，如果你平日就经常应酬，大鱼大肉吃了很多，久而久之，体内的血液就会偏酸性，让体内的乳酸增加，当乳酸无法顺利排出时，就会使表皮细胞变得更敏感而产生皱纹，此时就要多吃苹果、梨子、杏仁、栗子、花生等碱性食物来平衡一下，以免让你看起来比实际年龄老10岁。

除皱美肤饮

慈禧珍珠茶 *使你今后比现在看起来更年轻*

◆材料　珍珠粉2克,茶叶(3克,相当于1袋茶包)。

◆做法　先以150毫升的沸水冲泡茶叶,将茶叶捞出,留下茶汁,再加入珍珠粉搅拌均匀即可饮用。

◆服法　每隔10日喝1次。

◆功效　这道茶饮可以润滑肌肤、养颜美容。感觉脸部皮肤衰老、皱纹多多的人,请用!

注意:珍珠粉一定要买真品,否则无法养颜且容易伤身。

杏仁雪梨茶 *希望皱纹慢点儿来,保持青春*

◆材料　杏仁粉1茶匙,梨子汁150毫升,蜂蜜少许。

◆做法　将杏仁粉和梨子汁均匀搅拌后,再加入适量蜂蜜调味即可饮用。

◆服法　每日服用1次。

◆功效　对于干燥、易出现皱纹的皮肤有一定的效果。不想细纹提早出现的人、想要更少皱纹出现的人,快来喝吧!

靠双手,就能减少皱纹

擦除皱纹法

1.将双手四指并拢,放在额上,以指腹由额中央往发际的方向擦,连续做1分钟,有助于额头皱纹的减少。(a、b)

2.闭上眼睛,将四指的指腹放在眼、鼻上,由中间擦向发际,连续做1分钟,有助于减轻眼部疲劳及鱼尾纹。(c、d)

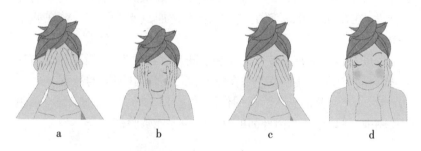

a   b   c   d

3.闭上眼睛,将四指的指腹放在双颊上,以"八"字形从鼻子往侧下方擦,连续做1分钟,有助于舒活此处的肌肤。(e、f)

4.张开眼,将四指的指腹放在下巴处,由中央往两边擦,连续做1分钟,有助于下巴紧实。(g)

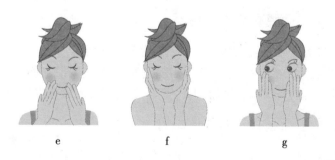

e   f   g

敷脸,有诀窍!

"李医师,我用的明明是纯天然的敷脸材料,为什么还是会过敏?"

在门诊中,经常有许多女性因为自制敷脸材料而造成脸部红痒的情形。其中又以使用绿豆粉或白芷导致过敏的概率最高。

或许,美眉们以为绿豆粉是非常天然的东西,敷在脸上应该不会怎么样,其实有许多人的肌肤对于绿豆粉会有过敏情形(别以为吃时不过敏,敷时就没事)。至于具有美白效果的白芷更因为具有光敏毒性,在用量上也要斟酌使用,绝不是加点水和一和,敷在脸上就OK了!

我也看到很多有过敏性皮肤和皮肤易发红的人,在听到芦荟有保湿、抗炎的作用时,就将芦荟敷在脸上,而造成皮肤不适的情形。

说真的,芦荟的确有清热的作用,但在使用时,切记一定要将绿色的皮剥掉,并且将芦荟肉外面的黏液洗净才能敷脸。

各式面膜自己动手做

很多女性都会用蔬菜或水果来做面膜。虽然有些蔬果的确有保养的作用,但在使用时,也有一些小秘诀。

●苹果面膜有淡斑作用

苹果的纤维是较温和的。如果要用苹果做面膜,一定要将苹果去皮,磨成泥后再涂在脸上,一次不可超过20分钟,1星期1次即可。

苹果有淡斑效果,所以脸上长雀斑、黄褐斑的人就可以使用喔!

●梨子面膜有保湿止敏作用

有些女性的皮肤非常娇嫩,很容易对化妆品、保养品过敏;有的女性皮肤较干燥,容易脱皮、发红、发痒,这时就可以将梨子去皮去子、磨成泥后使用。

在使用梨子面膜时请记住:1次不可超过20分钟,每星期只要敷1次就可以了。

●香蕉面膜可润肤,干、油性皮肤有不同做法

你听过香蕉也可以用来敷脸吗?

香蕉面膜用的可不是香蕉肉,而是将洗净后的香蕉皮捣成香蕉泥喔!

最妙的是,香蕉面膜可视你的肤质来使用。

干性皮肤的人,在敷上香蕉面膜前,可以先在脸上抹一些婴儿油,然后再涂上香蕉泥,对皮肤有很不错的滋润效果。

油性皮肤的人,则可以先在香蕉泥内加一两滴柠檬汁,然后再涂于脸上,15~20分钟后再以清水洗净,也可以起到滋润皮肤的效果喔!1星期敷3次。

●小黄瓜,夏秋之际最好用

在夏秋交替的时节,皮肤通常会干燥敏感,这时候,使用小黄瓜就有极佳的润肤功用。利用小黄瓜来保养的方法很简单,只要将小黄瓜洗干净后切片,再敷于脸上约30分钟即可。1星期敷3次。

●杏仁面膜,干燥皮肤的救星

杏仁是很好的美容药材。杏仁分为甜杏仁、苦杏仁两种,甜杏仁可以滋润皮肤,而苦杏仁则专用于头部或脸部的癣、湿疹,千万别买错了。

杏仁面膜的做法是:将杏仁粉15克与1个鸡蛋的蛋清搅拌成泥,于睡前涂于脸上,早晨起床后再用水洗净。这可以让皮肤红润、充满光泽。1星期敷3次。

另一款杏仁油面膜的做法是将杏仁油5滴、蜂蜜1大匙、蛋黄1个互相搅拌均匀后,直接敷在脸上,30~40分钟后再以清水洗净。1星期敷3次。

杏仁油面膜有保湿润肤的功用,干燥性皮肤的人不妨试试喔!

12种美颜食物,让你拥有令人羡慕的肌肤

减肥养颜圣品——冬瓜

和许多珍贵的蔬果比起来,冬瓜算是非常便宜的食物。但如果你因为它很便宜就小看其妙用,那就可惜了!

冬瓜虽然便宜,却非常好用。更棒的是,它不但有减肥效果,还能美肤,可说是一品两用的美体美颜圣品。

为什么冬瓜可以减肥养颜呢?原因就在于冬瓜肉没有脂肪也没有糖分,还具有维生素B、维生素C及钙、铁、磷等健康成分,很适合想要变瘦的人食用。

冬瓜肉除了可以吃之外,还能外用。夏天的时候皮肤长了痱子,可以将冬瓜肉敷在痱子上面。想要让皮肤更白润吗?那么还可以使用冬瓜按摩霜。

冬瓜按摩霜

◆材料　冬瓜1片,蜂蜜少许。

◆做法　将冬瓜洗净去皮、去子,蒸熟放凉后捣成膏状,加入少许蜂蜜搅拌均匀,即可涂在脸上,按摩脸部3~5分钟后,即可将按摩霜洗净。

◆功效　使用冬瓜按摩霜,可以滋润皮肤,让肤色更白亮。

　　冬瓜味甘、性凉，体质偏寒，容易拉肚子的人要少吃。

　　在食用冬瓜时，一定要煮熟后再吃，否则可能美容不成反而会泻肚子。

美容"女王"——丝瓜

　　绿绿的丝瓜，除了可以炒食或煮成丝瓜汤之外，还具有非常棒的美容效果。

　　有一次在门诊时，病人问："李医师，我的工作必须骑摩托车跑来跑去，常常会晒到阳光怎么办？"

　　这时候，丝瓜水就非常好用啦！

　　每天洗脸后，用毛巾蘸丝瓜水，在脸上轻轻地擦拭，不但可以让皮肤不那么黑，还有减缓皱纹产生的效果。

　　说真的，我个人蛮偏爱丝瓜水，因为它不但可以美白，连油性皮肤、过敏性皮肤都可以使用，可说是非常自然的保养圣品喔！

　　丝瓜味甘、性凉，有化痰清热、凉血解毒的效果，但体质较寒或容易腹泻的人在吃丝瓜时适量即可，不要多吃。

滋润皮肤又健身——番茄

自从番茄对于癌症具有预防功效的消息广为流传后,在门诊时经常听到病友们讨论番茄的好处。

事实上,番茄不但有健身的效果,维生素C的含量也非常高,能降低人体皮肤黑色素的合成。对于希望皮肤水水白白的人来说,的确是一大福音。

但是你知道吗?番茄的好处还不止这些呢,除了茄红素、维生素C之外,番茄中还有一般蔬果所缺乏的烟碱酸,不但对于精神不济、疲倦的人有一定的帮助,还可以调节皮肤感光质的形成,加速新陈代谢,减缓黑色素的沉淀。

最棒的是,番茄的营养素并不会因为高温烹调而破坏,所以爱美又想健身的人,可要多吃番茄了!

✳ 医师叮咛

烟碱酸对于美白虽然有一定的帮助,但请爱美的读者朋友们千万别因此吃进过多的番茄,因为烟碱酸如果过量,也会有副作用出现。此外,番茄味甘、酸,性微寒,肠胃虚寒易腹泻,或是咳嗽痰白稀少的人要少吃。

减肥、美容、生发一起来——黄瓜

夏天下馆子吃饭时,最常看到凉拌黄瓜这道小菜。如果你平常不太吃黄瓜,可要多选择这道酸酸甜甜的小菜——尤其是爱美的人。

在小小的黄瓜中,水分就占了98%,热量也非常低。更妙的是,新鲜的黄瓜中含有可以抑制糖类在身体内转化成脂肪的元素。这也就是许多营养师都建议想要减肥的人就选用黄瓜当零食的原因。

除了是减肥人士的好帮手之外,掉发人士也可以多吃黄瓜。黄瓜中的维生素及矿物质成分非常多,对于生发有一定的作用。

希望皮肤更好的人,更不能小看黄瓜汁美容的功能。日晒后在脸上涂抹黄瓜汁,不但可以减缓晒伤程度,还能减少黑色素的沉淀,让你早一点白回来喔!

> ✱ 医师叮咛
>
>
>
> 　黄瓜味甘、性寒,有清热、解毒、利水、除湿的作用,当受寒导致上吐下泻,或是刚生完病,身体虚弱的人都不宜吃。此外,也不建议肾脏病患者经常食用,因为黄瓜的钾离子较高。若真的想吃,建议以白醋凉拌吃较好。

美白皮肤又消脂——萝卜

冬天,是萝卜最好吃的季节。很多人以为萝卜较生冷,不能常吃,其实萝卜的属性是平性,并不是寒性蔬菜。不但在食疗上经常被使用,在美容方面也有一定的效果。中医书籍《圣济总录》中就写到:每天生饮萝卜汁数杯,连续喝数月,就能够让皮肤比以前更白皙。

从健康的角度来看,存在于萝卜当中的其他元素,对降低血脂、预防冠心病、预防动脉硬化、保持血压的稳定也有助益,因此也有专家认为萝卜可以延年益寿。

对于想要减肥的人来说,萝卜的粗纤维非常高,有助于排便顺利,而且萝卜中的物质可以让胆汁分泌更发达,加快脂肪消化的速度,所以是一种美体养颜的食物。

✳ 医师叮咛

　　萝卜有清热解毒、健胃、止咳化痰、顺气利尿的作用。但因为萝卜味辛辣,会散气,所以身体虚弱的人不宜多吃。

　　此外,若你在吃何首乌或人参等补药时,也不可以吃萝卜,以免药效降低。

皮肤白润秀发黑亮——山药

　　你喜欢喝四神汤吗？在四神汤中吃到的白色薄片,就是干燥后的山药,也就是中医所说的淮山。

　　山药在古代就广为使用。爱美人士更不能忽略山药在滋润美白肌肤的同时,又可以使秀发乌黑亮泽的功能。

　　山药最令人印象深刻的部分,就是那黏黏稠稠的白色液体。它是一种多糖蛋白质混合物,就健康方面来说,可让血管保有弹性,对于心血管功能有一定的益处；对于想变瘦变美的人而言,还有减少皮下脂肪累积的功能喔！

✳ 医师叮咛

　　山药味甘、性平,有益肺、健脾胃、补肾固精、止泻的作用,所以体质偏湿热的人(就是舌苔厚厚一层,喝了水也不解渴者)或大便干燥的人都不宜多吃。

皮肤暗沉可靠它——生姜

在煮菜的时候，生姜经常被拿来作为去腥、提味的材料，当天气冷的时候，喝上1杯姜茶，也有保暖的作用。

更令人惊讶的是，生姜对于美容也有所贡献——尤其是对于皮肤暗沉的人。

皮肤暗沉的因素很多，但绝大多数是因为血液循环不好，导致黑色素及废物沉积在皮肤表面所造成的。而生姜中的姜辣素可以刺激心脏和血管，促进皮肤的新陈代谢，连带地让皮肤内的黑色素也跟着代谢出来，想不到吧！

许多想要减肥的女性，在肥胖部位涂上生姜按摩霜后，会感到皮肤发热，这是由于皮肤受到姜辣素刺激所造成的，进而加速新陈代谢，达到排汗的作用。

除了美容排汗外，临床上也有人在月经来临时将生姜按摩霜涂于腹上，以减轻痛经及腰部酸痛呢！

虽然生姜的用途很广，但对于皮肤易过敏、皮肤干燥的人就不建议使用，以免皮肤起红疹或瘙痒。

✳ 医师叮咛

生姜味辛、性温，有祛寒、健脾胃、止吐化痰、缓咳喘的作用。但因为它特殊的成分，不但高血压病人要少吃，体质比较燥热、喉咙痛或有痔疮者更要忌吃。

让你的皮肤有弹性又少皱纹——百合

别看百合小小薄薄的，功用却非常大。《本草纲目》中就提到，百合可益气、利气。百合不但对肺部很好，也有利于大小便的通畅。从美容的角度来说,若是因为心火肺热而引起的疱、疮、湿疹,可以多吃百合,减少疱、疮、湿疹的发生。此外,百合可以促进皮肤的新陈代谢,让皮肤更有弹性、皱纹减少。如果你长期失眠导致脸色难看,或是到了更年期皮肤暗淡无光,也可以常吃百合,让皮肤更有光泽。

✴ 医师叮咛

> 百合味甘、性平,有清热、润肺、止渴、安定心神的作用,是许多素食人士喜欢吃的保养食物。但风寒咳嗽或是大便稀、不成形的人,则不能食用百合。

预防癌症兼美容——洋葱

洋葱有一种极为特殊的味道,令许多人敬而远之。事实上,洋葱的功效可大着呢,不但有预防癌症的效果,存在于洋葱之中的烟碱酸,还可以增加身体细胞的修复力,让皮肤看起来更健康。

经常被头皮屑困扰的人,可以将洋葱剁碎,包在纱布内,再以纱布轻轻地摩擦头皮,15~30分钟后再洗头,有助于治疗头皮屑过多。

洋葱不但可以减少头皮屑,还能淡化令人烦恼的黄褐斑,方法很简单,只要将洋葱头剁碎,涂敷在脸上,5~10分钟后再以清水冲净即可。

✴ 医师叮咛

> 洋葱味辛辣、性温,有解毒、温肺化痰、消肿、除虫的作用,但也不是每个人都适合食用,胃火大、易口臭的人及痔疮患者要少吃。
>
> 由于洋葱吃太多会使眼睛视物不清、发热,所以不论是哪一种体质,都不宜吃太多。

美肤健肠的好帮手——苹果

据说很多明星靠苹果餐减肥,原因就在于苹果很营养、热量也不高。其实,和其他水果比较起来,苹果的营养价值并不是最高的。倒是它的纤维含量丰富,并含有有机酸,可以促进肠胃的蠕动,让便便更通畅,而减少废物停留在身体中的时间;如果有轻度腹泻,也可以借由苹果中的果酸来缓和。而不论是有机酸还是果酸,都有吸收体内毒素、细菌的功用。

苹果汁对于因为体内缺少锌而引起的皮炎有着很不错的效果(身体若缺少锌,会出现起红疹、舌炎、秃头等现象),从美容的角度来看,也是一种有益肤质的水果喔!

✳ 医师叮咛

苹果味甘、性凉,有去烦解暑、生津润肺、醒酒、开胃、和脾止泻、美肤的作用,但是吃太多会胀气,最好不要过度食用。

好气色+好精神——葡萄

每次谈到葡萄的好处时,总会有人问:"李医师,那我喝葡萄酒和吃葡萄的效果一样吗?"当然不一样,因为葡萄酒是经过发酵后的含酒精饮料,与新鲜葡萄的营养价值是不同的。

新鲜葡萄中富含铁质和钙质,对于因为贫血而导致脸色蜡黄的人非常有帮助。感到疲惫吗?那么不妨吃吃葡萄,因为葡萄中的维生素、氨基酸及多种矿物质可让精神疲劳、神经衰弱的人恢复元气。除此之外,葡萄所含的糖和果酸有助消化、健胃的功能,是一种多效合一的水果。

＊ 医师叮咛

　　葡萄味甘酸、性平,有健胃、益气、补血、利尿、止烦的作用,基本上任何体质都可以吃,但吃太多会生内热,且易口渴、腹泻。葡萄酒有益气、美颜、祛寒、强壮体质的功效,也以适量为好。

美体瘦身抑制老人斑——黑木耳

　　黑木耳是一种经济又实惠的健康食物,除了含维生素A、维生素B、维生素C外,还有钙、铁、磷等许多人体必需的营养成分。如果你想减肥,那么黑木耳无疑是好帮手。它不但脂肪低,有纤维质,其中的卵磷脂还可促进脂肪在体内的消耗,并带动脂肪均匀分布,让体形看起来更匀称。如果你担心老人斑太早出现,多吃黑木耳还可以让脂褐素晚点儿沉淀在皮肤细胞中。这么说来,黑木耳还真是瘦身、美肤、抗衰老的圣品。爱美人士除了将黑木耳吃进肚外,还能做黑木耳面膜。

　　黑木耳面膜

　　◆材料　干黑木耳(干货店均有售)2~3朵,水或牛奶适量。

　　◆做法　将黑木耳磨成粉末状,加入适量的水或牛奶调匀成糊状,并敷在脸上,10~15分钟后,即可用水将黑木耳面膜洗净。

　　◆功效　可以减少皱纹、斑点,并让皮肤更光滑。

＊ 医师叮咛

　　黑木耳味甘、性平,有益气润肺、滋补养血、润燥益胃的功用,但是大便稀、容易腹泻的人则要少吃。

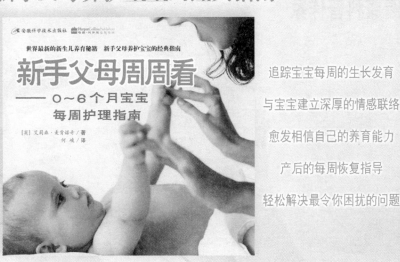